www.ingramcontent.com/pod-product-compliance
Lightning Source LLC
LaVergne TN
LVHW050821051026
849532LV00008B/3053
9789369082711

رنگ برنگ افسانے

(منتخب افسانے)

ایس۔ اے۔ شکور

Rang birang Afsane (Short Stories)
by: S.A. Shukoor
Edition: May '2026
Publisher :
Taemeer Publications LLC (Michigan, USA / Hyderabad, India)

ISBN 978-93-6908-271-1
9 789369 082711

کتاب	:	**رنگ برنگ افسانے**
مرتب	:	**ایس اے شکور**
صنف	:	فکشن
ناشر	:	تعمیر پبلی کیشنز (حیدرآباد، انڈیا)
سالِ اشاعت	:	۲۰۲۶ء
صفحات	:	۵۶
سرورق ڈیزائن	:	تعمیر ویب ڈیزائن

فہرست

سفر ہے شرط

افسانہ ________________ قمر جمالی

سفر ہے شرط مگر.....

اسی اگر مگر کے بیچ ساری کائنات کا رمز پوشیدہ ہے۔

اس کی زندگی بھی اسی 'اگر مگر' کی نذر ہو گئی تھی۔

زندگی ایک مسلسل سفر ہی تو ہے۔ منزل در منزل۔

انسان لاشعوری طور پر جانے ایسی کتنی منزلوں پر سفر کرتا ہے اور کسی پڑاؤ پر پہنچ کر اُسے اپنی منزل سمجھ بیٹھتا ہے۔

مگر.....

پیچھے مڑ کر دیکھتا تو احساس ہوتا ہے کہ سامنے ایک اور منزل متقاضی سفر ہے۔

اس نے بھی شادی کسی پڑاؤ ہی کو اپنی منزل سمجھ لیا تھا۔

''پوں.....پوں.....پوں.....''

پیچھے سے گاڑیوں کے متاتر ہارن کی آواز سے وہ چونک پڑی اور اسٹیرنگ وہیل سے سر اُٹھا کر دیکھا تو شرمندگی کا احساس ہوا۔ سگنل کب کا مل چکا تھا اور سفر شروع ہو گیا تھا۔ محض اس کی وجہ سے ٹریفک رُک گئی تھی۔ اس کا دھیان شونا کی طرف پلٹ گیا۔

''زندگی اس دوران کتنا جارحانہ روپ اختیار کر چلی ہوگی.....!''

اسے رہ رہ کر شونا یاد آنے لگی۔ زندگی کے نام پر صرف پھولتا پچکتا پیٹ اور کبھی کبھی اٹھتی گرتی پلکیں۔ اس میں اتنی بھی طاقت نہیں رہ گئی تھی کہ سر گھما کر دیکھ سکتی۔ کبھی کبھی وہ کھی آنکھوں سے یک ٹک دیکھتی تو لگتا کہ شاید اسے منزل کے نشان دکھائی دے رہے ہوں۔ اپنے بستر پر پڑی آنکھیں گھما کر ادھر اُدھر دیکھنا، بس اتنا ہی اس کے حصے میں رہ گیا تھا۔ گو موت میں لتھڑی کسی کے انتظار میں کہ کوئی اس کی صفائی کر دے تا کہ مکھیاں اس کے قریب نہ پھٹکیں۔ جب تک اس کے دَم میں دَم تھا مکھی کی کیا مجال تھی کہ اس کے قریب پھٹکتی.....!

''کم ظرف مکھیاں.....! کمزور کا استحصال کرتی ہیں!!''

وہ بے اختیار کہہ اٹھی..... مگر..... دوسرے ہی لمحہ اسے احساس ہوا کہ اگر شیر شکار اور مکھیاں غلاظت سے دوستی کر لیں تو جئیں کیسے!

دراصل یہی تو Ecology یعنی نظامِ فطرت ہے۔

سچ تو یہ ہے کہ اس دنیا میں ہر کوئی کسی اور کا استحصال کر کے ہی جیتا ہے۔

سرکل پر 'اسٹاپ' لگ چکا تھا۔ اس نے اسٹیرنگ پر دونوں ہاتھ رکھ کر سر ٹکا دیا۔ ابھی کچھ ہی دنوں کی بات ہے کتنی ہشاش بشاش تھی وہ.....!

سفید نائلوں کا جمپر پہنے، گلے میں موتیوں کی کالر لگائے، ڈرائیور سیٹ کے بازو بیٹھے کس شانِ بے نیازی سے باہر کی طرف دیکھ رہی تھی!

اس کے ہلکے بادامی بھورے بھورے شیمپو سے دھلے بال ہوا میں لہراتے تو بازو سے گزرنے والا ایک لمحے کے لیے اسے دیکھے بغیر نہیں رہ سکتا تھا۔

ان موقعوں پر رافعہ کو شانا پر بڑا پیار آتا۔

''کیا قسمت ہے.....!!وسیلہ چاہیے.....''

''کس کی قسمت.....؟اور کیسا وسیلہ بابا؟''

رافعہ نے پانچ روپے کا سکہ فقیر بابا کے ہاتھ میں تھماتے ہوئے پوچھا۔

''اس کی.....''

فقیر بابا نے شونا کی طرف اشارہ کیا تو رفاعہ کا سینہ فخر سے پھول گیا

سگنل مل چکا تھا۔اسٹیرنگ پر رافعہ کی گرفت مضبوط ہوگئی۔

مگر.....

وہ لفظ'وسیلہ'اس کے کانوں میں کورس کی طرح بجنے لگا۔

وسیلہ.........ہاں وسیلہ ہی تو ہے جو منزلوں کی نشان دہی کرتا ہے۔

جب وہ چھوٹی تھی.....

بابا جب بھی جمعہ کی نماز سے واپس آتے وہ بابا سے ضرور پوچھتی

''بابا!آج کے خطبے میں کیا خاص تھا.....؟''

ایک دن.....

اس کے بابا نے بتایا کہ اس جمعہ کے خطبے میں خطیب صاحب نے ایک کہانی سنائی کہ ایک لمبی چوڑی گاڑی میں ایک کیم شحیم کتا اپنے مالک کے برابر والی سیٹ پر بیٹھے بڑی شانِ بے نیازی سے باہر کی طرف دیکھ رہا تھا جسے دیکھ کر ہر ورشک کر رہے تھے۔خطیب صاحب نے مصلیوں سے پوچھا کہ کیا کوئی بتا سکتا ہے اس کے ایسے نصیب کیسے ہوئے؟سب سر جھکا کر چپ رہے۔تب خطیب صاحب نے کہا

''یہ وسیلہ ہے.....''

تب.....

بابا نے اپنی بات جاری رکھتے ہوئے کہا تھا.....

''بیٹا.....!انسان کو بھی دین ودنیا میں سرخ رو ہونے کے لیے وسیلہ درکار ہے''

شاید اس کی زندگی میں اس وسیلے کی کمی تھی۔ورنہ تو سب کچھ ٹھیک تھا۔بظاہر تو قابلِ رشک تھا۔گھر دار،شوہر،بچے.....خود اس کے جنے نہیں تو کیا ہوا.....تھے تو اس کے شوہر کے۔

''پھر.....میرے نصیب کو کیا ہوا.....؟ہوں تو نصیبوں والی.....!!''

رافعہ کو خود پر ہنسی آگئی.....

مگر.....یہ بے چینیاں.....یہ ادھورا پن.....یہ اندر ہی اندر ٹوٹنے پھوٹنے کا احساس۔ضمیر کے کچوکے اور اندر اتھل پتھل ہوتی کچھ کہی اَن کہی

کہانیاں..... یہ سب کیا ہیں.....؟''

وہ تو اپنے امی بابا کی نورِ نظر تھی۔

اچھا خاصا ہنستا کھیلتا خاندان۔ بابا نے سرکاری ملازمت سے سبکدوشی کے بعد گریجویٹی کی رقم سے کار خرید کر رافعہ کو تحفتاً دی تھی۔ پہلے بھی کار تھی۔ وہ ہمیشہ اپنے بابا کے بازو والی سیٹ پر بیٹھی بابا کو کار چلاتا ہوا غور سے دیکھتی اور سوال پر سوال کیے جاتی۔ اسی لیے وہ بنا کسی استاد کے کار چلانا سیکھ گئی تھی۔ شاہراہوں پر آنے سے قبل اس نے گلی محلوں میں کار چلا کر خوب ہاتھ صاف کر لیا تھا۔ امی بابا اسے دیکھ کر پھولے نہ سماتے۔ اس پر فخر کرتے تھے۔ اس کے اچھے مستقبل کا خواب بھی دیکھتے اور رافعہ کو بھی احساس دلاتے کہ اس کا مستقبل شاندار ہوگا۔

مگر.....

اس منحوس شام امی بابا کسی کام سے باہر گئے تو لوٹ کر ان کی لاشیں ہی گھر آئیں۔

اُف..... کیا قیامت تھی.....!!

''میڈم..... میڈم.....!''

ٹریفک کانسٹبل زور زور سے کار کی کھڑکی پر ہاتھ مار رہا تھا۔

''سوری.....''

وہ خود سے شرمندہ ہوئی اور آگے بڑھ کر ٹریفک میں شامل ہوگئی۔

کچھ ہی دور چلی ہوگی کہ اسے احساس ہوا کہ ٹریفک تو بہت پیچھے چھوٹ چکی ہے۔

''شٹ ناسٹیلجیا.....''

اس نے رک کر سانس لی اور پیچھے مڑ کر دیکھا تو اسے احساس ہوا کہ وہ سرکل پر غلط رُخ پر آگے بڑھ گئی ہے اور اس کی کار شاہراہ پر لگ گئی ہے۔ اب دو تین کلو میٹر سے پہلے تو اسے کوئی یوٹرن ملنے والا نہیں۔

میٹرو سٹیز کا یہی تو رونا ہے۔ کسی موڑ پر اگر راستہ پاؤں سے چھوٹ جائے تو اُلٹا سفر گلے پڑ جاتا ہے۔

اب اس کے پاس آگے بڑھنے کے سوا اور کوئی چارہ نہ تھا۔

ارشد سے شادی کرنا خود اس کا اپنا فیصلہ تھا۔ ارشد اس کا باس تھا، اس کی کمپنی کا موسٹ ایلی جیبل وِڈووَر! ساری لڑکیاں اس پر مرتی تھیں۔ مگر ارشد نے خود سے رافعہ کو پروپوز کیا تھا۔

اس وقت..... رافعہ نے سوچا کہ قسمت نے یاوری کی۔ وہ تنہائی سے خوف زدہ تھی اور کسی مونس و غم خوار کی متلاشی تھی جو زندگی بھر اس کا ساتھ نبھائے۔ واقعی ارشد نے رافعہ کو بھی دھوکہ نہیں دیا۔

مگر.....

اس اگر مگر نے ہی رافعہ کا سکھ چین چھین لیا تھا۔ یوٹرن مل گیا تھا۔ وہ دوبارہ راستے پر لگ گئی تھی۔

''زندگی کتنا بھیانک روپ اختیار کر چلی ہوگی.....!''

وہ خود سے شرمندہ ہوئی ۔ایک ذرا سی غلطی کو سدھارنے میں ایک گھنٹہ نکل گیا۔

دراصل وہ ایک VET کے پاس جا رہی تھی ۔اسے خوف تھا کہ وقت پر نہ پہنچنے کی وجہ سے کہیں ہو اور کسی کام سے نکل نہ جائے ۔اس نے موبائل فون کا بٹن آن کر دیا۔

''یس میڈم ۔''ادھر سے جواب ملا۔

''ڈاک !میں شرمندہ ہوں ۔ٹریفک کی وجہ سے تاخیر ہوگئی ۔میں بالکل پاس میں ہوں ۔آپ تیار ہیں نا؟''

''یس میڈم''

ڈاکٹر کے جواب پر اسے تسلی ہوئی ۔اس نے کار کی رفتار تیز کر دی۔

اب اس کا ذہن پوری طرح شونا کی طرف پلٹ چکا تھا۔ دل سے ہوک سی اٹھی اور اس نے شونا کے سر پر ہاتھ پھیرنے کے لیے ہاتھ بڑھایا تو احساس ہوا کہ شونا تو موت کے انتظار میں صحن میں پڑی تھی ۔

اس کا سارا جسم معطل تھا اور دم آنکھوں کی پتلیوں میں سمٹ آیا تھا جنھیں کبھی کبھی حرکت دے کر یہ احساس دلاتی تھی.....

''ماسٹر.....!میں بہت تکلیف میں ہوں''

ارشد یہی کہہ رہے تھے ۔شاید وہ اس کی زبان سمجھتے ہوں ۔اسے تو جانوروں کی زبان سمجھ میں نہیں آتی تھی ۔ جانور پالنا ارشد کا شوق تھا۔ یہ ایک لیبرے ڈور Labredor تھی ،ہلکی بھورے رنگ کی ۔تقریباً ڈیڑھ دوفٹ اونچی اور تین ساڑھے تین فٹ لمبی ۔ جب وہ اپنے جسم کو حرکت دیتی تو اس کی گردن اور دُم کے نکھرے نکھرے بادامی بال بڑے خوب صورت لگتے ۔

اس نے اچھی زندگی جی بارہ بچے پیدا کیے ۔دو تو اس کی آنکھوں کے سامنے پل کر جوان ہوئے اور باقی دس اسی کی طرح کھاتے پیتے گھرانوں میں گدی نشینی کی زندگی گزار رہے تھے ۔کبھی کبھی ان کی سالگرہ کے موقع پر ارشد اور رافعہ بھی مدعو ہوتے اور رافعہ ان کے لیے سوئٹس اور جمپرز اپنے ہاتھ سے سی کر لے جاتی ۔اسے کپڑے سینا بہت پسند تھا۔ یہ اس کا محبوب مشغلہ تھا۔ وہ اپنی شونی کے لیے بھی نت نئے ڈیزائن کے جمپرز اور کالرز سیتی اور جب کبھی باہر جانا ہوتا اسے ایک نیا لباس پہناتی ۔شونی تھی بھی بڑی خوب صورت لمبی تھوتھنی ،صاف وشفاف صورت ،لہراتے بادامی بال۔

اور آنکھیں.....

غضب کی تھیں ۔آنکھوں میں کاجل کی تحریر اللہ نے پیدائش ہی سے بخش دی تھی ۔اسے اپنی شونی سے بے انتہا پیار تھا۔

مگر.....

وہ اسے اپنی خواب گاہ میں داخل ہونے نہیں دیتی تھی اور نہ کبھی ہاتھ پیر چاٹنے کی اجازت تھی ۔ جب بھی اس کا لعاب اس کے کپڑوں پر لگ جاتا اور اس کے منہ سے ''چھی'' نکل جاتا، سمجھو اس دن گھر میں تنازعہ ہو جاتا۔ ارشد کو شنا کو دھتکارنا ایک نظر نہ بھاتا اور وہ رافعہ کے سلوک کو مڈل کلاس مورالیٹی کا طعنہ دے کر اس کے باپ دادا تک پہنچ جاتے ۔

رافعہ کو یہ سب سہنے کی عادت سی ہوگئی تھی ،کیوں کہ وہ جانتی تھی کہ لہروں کے بہاؤ میں بہنے سے خود کو روکو تو اذیتیں تو اٹھانی ہی ہوتی ہیں ۔

مگر.....

اس دن اسے اپنے بابا کی بہت یاد آتی۔ وہ چھپ چھپ کر روتی۔ بابا کا سفید لباس، اذان کے ساتھ ہی سر پر سفید قریشا کی ٹوپی لگا کر مسجد جانا، امی کا بے داغ لباس اور سر کا ہمیشہ پلّو سے ڈھنکا رکھنا، وہ ایک قدامت پرست خاندان کی پروردہ تھی جہاں بچپن ہی سے کتوں کے لعاب کو نجس سمجھایا جاتا تھا۔ ارشد سے شادی کے بعد اسے لگا کہ جس زندگی کا وہ خواب دیکھتی تھی وہ شرمندۂ تعبیر نہ ہو سکا۔ اب تو وہ اس طرزِ زندگی میں محض پیوند کی طرح جڑی ہوئی تھی۔

سب کچھ الٹا.....

بیٹا، باپ کے ساتھ بیٹھا بلانوشی کرتا تو باپ کا سینہ فخر سے پھول جاتا، اور بیٹی شادی سے پہلے ہی کسی کے ساتھ رہ رہی ہو تو احساس ہوتا کہ بیٹی جوان ہوگئی ہے۔ حد تو یہ کہ جب ارشد شراب پی کر بستر پر آتے تو اسے ان سے گھن سے آتی۔ وہ اپنی بلانکٹ میں اور سمٹ جاتی اور دونوں گھٹنے پیٹ میں سمیٹے گہری نیند سونے کا ناٹک کرتی حالاں کہ ایسا کرتے ہوئے وہ خود کو گنہگار محسوس کرتی، اس کے اعصاب پر

''تمہاری بیویاں تمہاری کھیتی ہیں'' کی قرأت مسلسل ہتھوڑے کی طرح ضرب لگاتی۔

شادی کے بعد جب رافعہ پہلی بار ارشد کی پہلی بیوی کے بچوں سے متعارف ہوئی تو اسے جھٹکا سا لگا تھا۔

اسی دن.....

اس کی سمجھ میں آ گیا تھا کہ زندگی اب صرف بہتی لہروں پر ڈولنے کا نام ہے۔ لہروں کی مخالف سفر کرنا اس کے بس کی بات نہیں تھی۔ پھر بھی کبھی کبھی اس کے منہ سے کچھ نہ کچھ نکل ہی جاتا تھا۔

ایسے ہی ایک دن.....

''ارشد! آپ نے تو ان گوروں کا کلچر خوب اپنا لیا، مگر کیا رتّی بھر بھی انہیں سکھا پائے۔ یہ ''لیونگ ریلیشن شپ'' ہماری تہذیب کا حصہ نہیں ہے۔ یہ گناہِ عظیم ہے۔ ماریہ کو روکیے۔ کیوں جہنم کے حصہ دار بنتے ہو!''

پھر کیا تھا۔ ایک قیامت ٹوٹی تھی۔ اسی دن پہلی بار رافعہ پر دل ک دورہ پڑا تھا۔

گاڑی ایک جھٹکے کے ساتھ رُک گئی۔

وہ منزل پر پہنچ چکی تھی۔ اس کا ہائی اپارٹمنٹ اس کی آنکھوں کے سامنے تھا۔

اس نے فون پر اپنے پہنچنے کی اطلاع دی۔

''تھینکس ڈاک۔ تشریف رکھئے۔''

گھر پہنچی تو شونا حسبِ معمول اپنے بستر پر پڑی تھی۔ پاس ہی کرسی پر ارشد بیٹھے اس کی نگرانی کر رہے تھے۔ پچھلے سال ارشد پر فالج کا اثر ہوا تھا۔ وہ زیادہ چل پھر نہیں سکتے تھے۔ تب سے رافعہ ہی باہر کے کام سنبھالتی تھی۔ رافعہ کو قریب محسوس کر کے شونا کے جسم میں جنبش ہوئی۔ تب اسے احساس ہوا کہ یہ بے زبان کچھ معاملوں میں انسانوں سے کتنا آگے ہے!

وہ شونی کے بازو بیٹھی اس کے سر اور پیٹھ پر ہاتھ پھیرنے لگی۔

شونا نے آنکھیں کھولیں۔

اُف کیا آنکھیں تھیں.....!

جن میں بلا کا کرب تھا۔

ایک یاس تھی۔

فریاد تھی۔

اور شکایت بھی جیسے کہہ رہی ہو۔

''مالکن.....!میں نے چودہ برس آپ کی خدمت کی۔آپ کے بچوں کو کھلایا، آپ کے گھر اور خاندان کی حفاظت کی، کسی کی کیا مجال تھی جو گیٹ کے قریب بھی پھٹکتا۔

مگر آج.....

جب کہ میں ضعفِ پیری سے بے بس ولا چار ہوں۔میری گندگی اور غلاظت نے آپ کو مجبور کر دیا کہ کل کی موت مجھے آج ہی آجائے۔کیا یہ محض اس لیے کہ میں انسان نہیں، جانور ہوں.....؟''

''نہیں.....''

رافعہ کے منہ سے چیخ نکل گ ء۔اس نے پلٹ کرارشد کی طرف دیکھا۔

''ایسا مت کرو ارشد..... ہم ایک خون ناحق کے مرتکب ہو جائیں گے''

رافعہ کے دل میں درد کی ہوک اٹھی۔دو سوال پہلے ہی اس کی اوپن ہارٹ سرجری ہوئی تھی۔درد شدت اختیار کر رہا تھا۔اس نے دونوں ہاتھوں سے اپنا سینہ دبا کر پکڑ لیا اور بے اختیار رونے لگی۔

''تو اب کیا ارشد صاحب.....؟''ڈاکٹر بے چین ہوا اُٹھا۔

''ایک منٹ ڈاکٹر.....''

ارشد نے پلٹ کر ملازم کو آواز دی

''زنجن!میڈم کو اندر لے چلو''

''میں ابھی آیا ڈاکٹر، پلیز.....ایک بار آپ اسے دیکھ تو لیں''

''کیا دیکھوں ارشد صاحب!خون میں لتھڑی ہوئی ہے۔اس کی بڑی آنت سڑ گئی ہے۔یہ جو فاسد خون باہر آرہا ہے اس سے شدید قسم کا انفکشن پھیل سکتا ہے۔میں اس کے بچپن سیا اس کا معالج ہوں۔دکھ تو مجھے بھی ہے۔ویسے یہ لیبرے ڈور ہے۔اس کی عمر زیادہ سے زیادہ چودہ سال ہو سکتی ہے۔یہ اپنی طبعی عمر کو پہنچ چکی ہے۔آج نہیں تو کل مر ہی جائے گی۔اس کا سفر تمام ہوا''

''ایکسکیوزمی.......ابھی آیا''

رافعہ کی حالت نے خود ان پر رعشہ طاری کر دیا تھا۔

''یہ کیا بچکانی حرکت ہے رافعہ.....!''

وہ رافعہ کے سرہانے بیٹھے اسے سمجھانے لگے۔

''ارشد! بڑھاپا سب کا ایک جیسا ہوتا ہے خواہ وہ انسان ہو کہ حیوان۔اس کی آنکھوں کی بے بسی میں، میں نے خود کو دیکھا ہے۔کل کو میرا بھی یہی حشر ہونا ہے۔میری تو کوئی اولاد بھی نہیں ہے۔''

''ہوش کی باتیں کرو۔تم جانور سے اپنا مقابلہ کیسے کرسکتی ہو۔جانوروں کے لیے'' مرسی کلنگ'' (Murcy Killing) قانوناً جائز ہے۔اگر ہم ایسا نہیں کرتے تو ڈاکٹر کہہ رہا تھا کہ اس کی اینس (Anus) سے نکلا خون شدید انفکشن پھیلا سکتا ہے۔تم آرام کرو۔میں ابھی آتا ہوں۔''

وہ باہر آئے تو ڈاکٹر گیٹ کی طرف رخ کیے فون پر بات کررہا تھا۔انہوں نے بات ختم ہونے کا انتظار کیا، پھر آواز دی۔

''آپ آگے بڑھیے ڈاکٹر''

''مگر..... میڈیم.....؟''

''انہیں میں سنبھال لوں گا وہ ایسی ہی ہیں۔کسی کا درد برداشت نہیں سک سکتی۔ں پھر اسے تو انہیں نے اولاد کی طرح پالا ہے''۔

''ام..... سو تو ہے۔'' آخر ڈاکٹر بھی انسان ہے.....!

''یو پروسیڈ پلیز.....''

ڈاکٹر نے پہلے تو شونا کی وین (Vein) ڈھونڈنے کی کوشش کی، پھر..... انجکشن اس کے دل میں گھونپ دیا۔شونی نے کوئی حرکت نہیں کی۔اس نے اپنی ضعف بھری آنکھیں کھول کر ایک نظر ترحم سے مالک کی طرف دیکھا پھر..... آہستہ آہستہ اس کی پلکیں گر گئیں۔

''مالک..... مالک..... میڈم..... میڈم''

اندر سے نرنجن بھاگتا ہوا آیا۔

''کیا ہوا امیڈم کو.....؟''

وہ اپنا وا کراُٹھا کر تقریباً دوڑتے ہوئے اندر پہنچے رافعہ بستر پر بیہوش پڑی گہری گہری سانسیں لے رہی تھی۔سارا بدن پسینے سے شرابور تھا۔

''ہیلو..... ہیلو! ایمبولنس..... ہیلو..... ایمرجنسی..... ہارٹ اٹیک..... پلیز..... پلیز''

''یہ تم نے کیا کیا رافعہ..... میں نے تو اسے تختی سے نجات دلائی''

انہوں نے جھک کر رافعہ کی پیشانی کا بوسہ لیا اور دھم سے کرسی پر گر پڑے۔دل کی دھڑکن تیز ہوگئی اور خود ان کا دل متکلم ہوگیا تھا۔

فَاِنَّ مَعَ العُسْرِ یُسْراً ۝ اِنَّ مَعَ العُسْرِ یُسْراً ۝

سورۃ البقرہ، آیت: ۲۲۲

سورۃ الم نشرح، آیات: ۵۔۶

نظر نہ آنے والے لوگ

افسانہ ______________________ جیلانی بانو

''روشن چراغ کو دیکھ کر کوئی نہیں سوچتا کہ اس کے نیچے تیل جل رہا ہے۔''

دسمبر کی ٹھنڈی اندھیری رات میں' ٹیبل لیمپ کے سامنے بیٹھے' آنند مکر جی ایک ایڈیٹر کے سوالوں کے جواب لکھ رہے تھے۔

''میں ایک لیکھک ہوں۔ ان سب اچھے لکھنے والوں کی تحریریں پڑھنا چاہتا ہوں جو اپنی آئیڈیالوجی سے جڑے رہے۔ ساری زندگی ایک مشن کی تکمیل میں لگے رہے۔''

آپ نے پوچھا ہے..... میں نے کیا کیا پڑھا ہے.....؟

''مذہب' فلسفہ' موسیقی اور سماجی علوم پڑھنے کے بعد کہیں کا نہ رہا۔ ہر طرف دوڑنے لگا۔ مجھے اپنا قد بہت چھوٹا لگا۔ ان مہان ہستیوں کے آگے جو حسین کی طرح جیے اور حسین کی طرح مرنے کا حوصلہ بھی رکھتے تھے۔

میرے مسلسل لکھتے رہنے کا ایک ہی مقصد ہے کہ میری لکھی ہوئی ایک سطر کسی کو سچ بولنے کی طاقت دے۔ چور کو مجرم کہنے کا حوصلہ ہو.....''

اچانک سڑک پر کسی کار کے بریک کے ساتھ ایک چیخ سنائی دی۔

مکر جی نے ٹیبل لیمپ آف کر کے گرم لحاف میں لپٹی سونے والی نرملا پر ایک نظر ڈالی۔ اور شال اوڑھ کر زینے کی طرف بڑھے۔ سڑک پر کچھ ہو گیا تھا۔

اس کالونی میں انڈر ورلڈ میں کام کرنے والوں نے بنگلے بنا لیے ہیں۔ ان کے لڑکے ہر طرف کاریں دوڑاتے پھرتے ہیں۔

''کیا ہوا.....؟''

کار میں بیٹھی ہوئی کومل دھکا کھا کر اکرم کی گود میں پھسل گئی۔ اکرم گھبرا گیا۔

''شاید کوئی کار کے نیچے آ گیا ہے.....''

''ہائے رام.....اسی لئے تو کہتی ہوں کہ کار چلاتے وقت مجھے پیار.....''

''تو کیا کروں' وہ تمہارا پاگل پتی ہر طرف ہماری جاسوسی کے لیے کھڑا ہو جاتا ہے۔''

''کیا ہوا.....'' سڑک پر کار کی چیخ سن کر سلطان حسین نے بلیو فلم کی آواز ریموٹ سے کم کر دی۔

''اونہہ.....شاید کوئی ایکسیڈنٹ ہو گیا ہے.....'' شیبا نے پھر ٹی وی آن کر دیا۔

''شیبا بیگم! اب تم کسی منسٹر کی بیگم نظر آنے لگی ہو.....'' انہوں نے شیبا کو اپنی طرف کھینچ لیا۔

''منسٹر کا نام بتایئے۔'' وہ سلطان حسین کی گود میں لیٹ گئی۔

''وہ تو ٹی وی کی نیوز میں دیکھ لینا...... سلطان حسین نے تنگ میں بیئر ڈالی۔

''اب الیکشن کسی بھی وقت ہو سکتے ہیں۔ کیسری بار بار فرنٹ کو دھمکیاں دے رہے ہیں۔ اور جب سے پارٹی آفس میں یہ خبر پھیلی ہے کہ سلطان حسین نے چار مرڈر کروائے ہیں شرما جی تو مجھے دیکھ کر کھڑے ہو جاتے ہیں۔'' (دونوں ہنس پڑے)

''اب مجھے الیکشن کا ٹکٹ دینے سے کون روک سکتا ہے۔''

سڑک پر شور بڑھنے لگا۔

''نیچے جا کر دیکھنا چاہیے۔ کیا ہوا ہے...... '' سلطان حسین کھڑے ہو گئے۔ کالونی کے ہر جھگڑے کو فرقہ واری رنگ دینا اور پھر اُسے ٹھنڈا کرنا ان کے لیے ضروری تھا۔ لیڈر بننے کا پہلا قدم یہیں سے اٹھتا ہے۔

بریک کی چیخ سن کر راشدہ نے نوالہ رکابی میں چھوڑ دیا۔ مولانا زاہد ہاشمی بھی روٹی چھوڑ کر کھڑکی کی طرف دیکھنے لگے۔

''شاہد اور ماجد ٹیوشن پڑھ کر آئے ہوں گے۔ اللہ خیر کرے۔'' راشدہ کھڑکی کی طرف بھاگی۔

''جب سے یہ سالے نو دو لیتے ہندو کالونی میں آ بسے ہیں ان کے آوارہ لونڈے اندھا دھند کاریں دوڑاتے پھرتے ہیں۔ اچھا ہے۔ ایک آدھ کم ہو جائے۔''

''آپ نیچے جا کر دیکھیے نا۔ کیا ہوا ہے۔'' راشدہ بہت پریشان تھی۔

مولانا زاہد ہاشمی نے گودے کی ہڈی چوس کر رکابی میں رکھی۔ جلدی جلدی انگلیاں چاٹیں۔ جھوٹے ہاتھ داڑھی سے پونچھے اور اللہ کا شکر ادا کر کے اٹھ کھڑے ہوئے......

''شاید کار کا کوئی ایکسیڈنٹ ہو گیا ہے۔'' سنیل نے بیئر اور گلاس ٹیبل پر رکھ کر کھڑکی سے باہر دیکھا۔

ابھی ناصر گرما گرم تندوری چکن اور اس سے بھی گرما گرم ایک چھوٹی سے گول مٹول لڑکی کو پکڑ لایا تھا۔ مگر لڑکی کو مکرجی نے لفٹ میں ناصر کے ساتھ دیکھ لیا تھا۔ اس لئے ناصر بے حد پریشان تھا۔

''سنیل! چلو ذرا نیچے ایک چکر لگا کر دیکھ آئیں کس کا ایکسیڈنٹ ہوا ہے۔''

''تو جا...... اپن اب کہیں نہیں جانے والے۔ چاہے کسی کا بھی ایکسیڈنٹ ہو جائے۔'' گرما گرم چکن کی خوشبو تھی یا لڑکی کے بدن سے اُٹھنے والی آنچ۔ سنیل بے پیے ہی لڑکھڑا رہا تھا۔

مگر ناصر کا دل دھڑک رہا تھا۔ اسی بلڈنگ کے تیسرے فلور پر اس کا فلیٹ تھا۔ امی ابا بھی سڑک پر شور سن کر جاگ اُٹھے ہوں گے۔ وہ تو یہی سمجھتے ہیں کہ ناصر سنیل کے فلیٹ میں اسٹڈی کرنے جاتا ہے۔ کار کے بریک میں ابھی کسی کی چیخ بھی تھی۔

گہرے سیاہ پردوں سے گھرے کمرے کے اندر وہ چاروں بیٹھے نوٹ گن رہے تھے۔ پارٹی میں کسی ممبر کو خریدنے کی بات پکی ہو جاتی تھی تو اسے دُکھی رام کے گھر بھیج دیا جاتا تھا۔ دُکھی رام نے اس کالونی میں بڑا خوبصورت مکان بنوایا تھا۔ بالکل مندر کا ماڈل۔ اسے دیکھتے ہی خریدے

اور پیچھے جانے والے ہر ممبر کا سر جھک جاتا تھا۔ دُکھی رام سونے چاندی کے ایک چھوٹے سے بیو پاری تھے۔

مگر گھر کے اندر وہ دوسرا دھندا چلاتے تھے۔ ممبر چاہے کسی بھی پارٹی کا ہو۔ اسے توڑنے اور دوسری طرف چھوڑنے کا بزنس زوروں پر تھا۔ ان کا کسی بھی پارٹی سے کوئی تعلق نہیں تھا۔ اس لیے ہر پارٹی نے اپنا کروڑوں روپیہ ان کے ڈرائنگ روم کے نیچے دبا دیا تھا۔

ابھی کل ہی ایک پارٹی کے تین ممبروں نے دوسری پارٹی میں جانے کے لیے ایک ایک کروڑ روپیہ لیا تھا۔ مگر گھر جانے کے بعد انہیں احساس ہوا کہ بہت سستے بک گئے۔ صبح انہوں نے پریس کانفرنس میں اعلان کر دیا کہ وہ تو دونوں کے بیچ ایک سے فاصلے پر کھڑے ہیں۔ چنانچہ انہیں اپنی طرف سرکانے کے لیے پھر دُکھی رام کے گھر بھیج دیا گیا۔ اب وہ تینوں دو دو کروڑ گننے بیٹھ گئے۔

''لگتا ہے کوئی ایکسیڈنٹ ہوگیا ہے۔ میں ذرا نیچے جا کر دیکھ آؤں۔''

دُکھی رام ایسے وقت کسی نہ کسی بہانے نیچے اتر کر اِدھر اُدھر نظریں دوڑاتے رہتے تھے۔ انہیں سی بی آئی کا ڈر نہیں تھا۔ اپوزیشن پارٹی کے چغل خوروں کا خوف تھا۔ حالانکہ کالونی والے انہیں بڑا دیالو دھارمک انسان مانتے تھے کہ کالونی میں کسی سے لینا نہ دینا۔ بس دکان پر بیٹھے اور گھر میں گھس گئے۔

ایک چھوٹی سی ماروتی کار گھسٹتی ہوئی فٹ پاتھ سے جاٹکرائی تھی۔

چیخ کی آواز سن کر لوگ دوڑے چلے آرہے تھے۔

ہر فلیٹ کی ہر گھر کی کھڑکی کھل گئی تھی۔

وہاں سب سے پہلے پہنچنے والے سلطان حسین تھے۔ کیونکہ ہر لڑائی کو پھیلانا اور بھڑکانا ضروری تھا۔ اکرم نے جلدی سے کار اسٹارٹ کر کے فرار ہوجانے کی سوچی مگر لوگ اسے چاروں طرف سے گھیر چکے تھے۔ ''کیا ہوا...... کیا ہوا......؟''

''میرا ڈینجر تھا۔ کتے کا بچہ۔ میں اسے ابھی یہاں چھوڑ کر اندر گیا تھا انکل۔''

سامنے والے گیٹ سے مائیکل دوڑتا ہوا آیا۔

''کتے کا بچہ...... ہائے ہائے...... چہ چہ...... افسوس...... ہائے رام...... کتنا بےرحم ہے سالا۔ نشے میں ہوگا حرامی...... پکڑ لو سالے کو......''

''ہمیں شما کر دیجیے۔ ان کی طبیعت ٹھیک نہیں ہے'' کومل نے کار سے باہر آ کر سب کے آگے ہاتھ جوڑ دیئے (اتنی خوبصورت چھوکری کے ساتھ بیٹھا تھا سالا۔ اسی لیے......)

اب تو سب ہی کو غصہ آنے لگا۔

''ان کی طبیعت تو ابھی ٹھیک کیے دیتے ہیں ہم''۔ سلطان حسین سب کو ہٹا کر آگے بڑھے۔

''بل ڈاگ تھا ہمارا ڈینجر...... ہمارے گرینڈ فادر اس کے گرینڈ فادر کو لندن سے لائے تھے۔'' مائیکل سسکیاں لے رہا تھا۔

مائیکل کے ڈیڈی ایک مشہور مشنری اسکول کے پرنسپل تھے۔ وہاں ڈونیشن کے بغیر کسی بچے کو اڈمیشن نہیں ملتا تھا۔ اس بات پر کالونی کے لوگ ان سے خفا رہتے تھے۔

ہوسکتا ہے ڈینجر کو اسی لیے کار سے کچل دیا ہو کہ انتقام لیا جائے۔

سلطان حسین نے چنگاری کو ہوا دینے کی بات سوچ لی۔

''آئی ایم ویری سوری سر......'' اکرم نے سب کے آگے ہاتھ جوڑے۔

''یہ بہت دُکھ کی بات ہوتی ہے۔'' مکر جی نے سر جھکا کر کہا۔'' آپ نوجوان لوگ ہر جگہ جلدی پہنچ جانا چاہتے ہیں۔راستے کی ہر چیز مٹا کر۔ تباہ کر کے۔''

اکرم بے حد پریشان تھا۔کہیں بات بڑھ گئی تو کومل کے پتی تک چلی جائے گی کہ دونوں آدھی رات کو......

''میری غلطی نہیں ہے سر۔ کتے کو ایک سائیکل والے نے ٹکر دی ہے۔ وہ سائیکل والا ایک بچے کا پیچھا کر رہا تھا۔ بچہ ادھر اُدھر بھاگ کر بچاؤ بچاؤ چلا رہا تھا۔اور پھر وہ میری کار کے سامنے......''

''بس کرو یہ کہانیاں......'' مولانا زاہد ہاشمی نے چلا کر کہا۔

''ہماری کالونی میں آپ ایک جانور کی جان لیں گے تو ہم آپ کو چھوڑنے والے نہیں ہیں۔''

''پتہ نہیں آپ کو کون سی پارٹی والوں نے بھیجا ہے۔آج مائیکل کے کتے کو مارا کل اس کے بھائی کی جان لے سکتے ہیں۔'' سلطان حسین نے اپنی تقریر کا آغاز کیا۔

''اجی'مسلمان لوگ تو کتے کے دشمن ہوتے ہیں۔'' دکھی رام نے بڑے طنز کے ساتھ کہا۔

''ہم کتے کی قیمت دینے کو تیار ہیں انکل۔'' کومل نے سلطان حسین سے کہا۔

''اچھا......!بڑی دولت مند دیوی جی ہیں آپ......'' مکر جی نے نفرت بھرے انداز سے ادھر دیکھا۔

''ایک جانور کو کار سے کچل ڈالا۔اور اس کی قیمت دے کر چلی جائیں گی......''

''روز کتنے دلوں کو روند ڈالتی ہیں آپ......'' ناصر نے بڑی دلچسپی سے کومل کو دیکھا۔

اکرم گھبرا کے دونوں ہاتھ ملنے لگا۔

''ہمیں معاف کر دیجیے۔آپ جیسا کہیں وہی ہوگا......'' وہ سلطان حسین کی طرف بڑھا جو کھادی کا کرتا بڑی سی توند پر تانے کسی ٹی وی سیریل کے ویلن جیسے لگ رہے تھے۔

''آپ اپنا نام بتایئے''

''جی اکرم علی خان۔انڈین ایئر لائن میں فلائٹ لیفٹیننٹ ہوں۔''

''اس لیے کار بھی پلین کی طرح چلاتے ہیں۔''

''ایک مسلمان ایک کرسچین کے کتے کو روند ڈالے تو کالونی کے ہندوؤں کو بے چارے کرسچین لڑکے کا ساتھ دینا چاہیے......'' دکھی رام نے آہستہ سے سلطان حسین کے کان میں کہا تو انہوں نے گردن ہلا کر تائید کی۔

''لیکن آپ میری بات پر یقین کیجیے۔غلطی سائیکل والے کی تھی۔وہ سامنے والی گلی میں بھاگ گیا۔''

''غلطی کسی کی بھی ہو۔لیکن ایک جانور کا خون ہوا ہے۔اس کا فیصلہ اب پولیس کرے گی۔ہمیں اب پولیس اسٹیشن چلنا چاہیے'' ۔مکر جی نے اپنے مخصوص دھیمے دھیمے لہجے میں کہا تو سب نے تائید کی۔

کالونی میں چاہے کسی طرح کے لوگ رہتے ہوں۔لیکن اس بات کو سب مانتے تھے کہ مکر جی بہت اچھے' سچے اور بڑے اہم رائٹر ہیں کہ منسٹر تک انہیں دیکھ کر کھڑے ہو جاتے ہیں۔نوجوان ان کے پیر چھو کر آشیرواد لیتے ہیں۔

''تمہارا کیا نام ہے......'' سلطان حسین نے کومل کے پاس جا کر اسے بڑی دلچسپی سے دیکھا۔''

''جی......کومل اگروال ہوں۔میں ان کی...... یہ میرے شوہر کے فرینڈ ہیں۔مجھے گھر چھوڑنے جا رہے تھے۔''

''ہاہاہا......''مولانا ہاشمی اتنی زور سے ہنسے کے سب گھبرا کر انہیں دیکھنے لگے۔

''اب دیکھیے آپ کو کہاں چھوڑتے ہیں......'' سلطان حسین نے مسکرا کر کہا۔

پھر وہ اکرم کا ہاتھ پکڑ کے ایک کونے میں لے گئے۔کچھ دیر کے بعد بڑے فیصلہ کن انداز میں اعلان کیا۔

''مکر جی صاحب ٹھیک کہہ رہے ہیں ہمیں پولیس اسٹیشن جانا ہی پڑے گا۔''

''ہوسکتا ہے اس کتے کو مارنے کا ایک پلان ہو۔''

''اس سے پہلے بھی کسی نے اس کی ٹانگ توڑ دی تھی۔''

''ذرا سوچیے پوری کالونی میں صرف ایک کرسچین فیملی رہتی ہے اور اس کے ساتھ ایسا سلوک......''

''اب یہ ساری بحث کیا ضروری ہے؟'' مکر جی نے جماہی لے کر کہا۔

''ہاں ہاں......آیئے آیئے'' سلطان حسین نے اکرم کی کار کا دروازہ کھول کر سب کو بلایا۔

''میری بات سنیے پلیز......'' اکرم چاروں طرف گھبرا کر سب کو دیکھ رہا تھا۔

''آیئے مکر جی صاحب......پہلے آپ بیٹھیے۔''

چھوٹی سی کار میں سلطان حسین' دُکھی رام' مولانا ہاشمی' سب گھس گئے۔ناصر چاہتا تھا وہ سامنے کومل کی گود میں سما سکے۔آخر مائیکل اور ناصر نے پولیس اسٹیشن تک پیدل جانے کا فیصلہ کیا۔اکرم نے کار اسٹارٹ کی تو مائیکل چلایا۔

''ارے......کار کے نیچے ڈینجر نہیں ہے۔یہ تو ایک بچہ ہے۔''

''بچہ......'' سب ایک ساتھ چلائے۔''کیا مر گیا ہے......؟''

کومل چیخ مار کر اکرم سے لپٹ گئی اور زور زور سے رونے لگی۔

ہاشمی اور سلطان گھبرا نیچے اُترے۔

''اگر مکر جی صاحب پولیس اسٹیشن جانے پر اصرار نہ کرتے تو یہ دونوں فرار ہو جاتے۔''

''یہ معاملہ تو اب گڑبڑ ہو جائے گا'' دُکھی رام نے گھبرا کر کہا۔

''پتہ نہیں کس کا بچہ تھا۔پولیس والے ہمارے پیچھے پڑ جائیں گے۔گواہی شہادتوں میں گھسیٹتے پھریں گے۔'' ہاشمی نے ناصر سے کہا۔

''میاں! اب یہاں سے کھسک جاؤ چپکے سے۔''

''اگر کسی ہندو کا بچہ ہے تو ہماری شامت۔''

''ہوسکتا ہے پیچھے جھگیوں میں رہنے والے کسی مسلمان کا بچہ ہو۔''

دُکھی رام نے گھر کی طرف تیزی سے جاتے ہوئے کہا۔

''مکر جی صاحب! اب میں پولیس اسٹیشن جاؤں گا تو پھر لمبی چوڑی انکوائری میں پھنسالیں گے مجھے۔'' سلطان حسین نے کہا۔''صبح مجھے وقار آباد الیکشن کی ایک میٹنگ میں جانا ہے۔''

''ہم لوگ اتنی دیر سے یہاں اکٹھے کھڑے ہیں۔ اگر کسی ہندو کا بچہ ہے تو اکرم میاں ہی نہیں ہم سب بھی مارے جائیں گے۔ کیا پتہ صبح تک دنگے شروع ہوجائیں۔''

مولانا ہاشمی جلدی جلدی گھر کی طرف بھاگے۔

مکر جی نے چاروں طرف دیکھا......وہ اکیلے کار کی پچھلی سیٹ پر بیٹھے تھے۔ سب اپنے اپنے گھروں میں جا چھپے تھے۔

اب پولیس مجھے رات بھر حوالات میں بند رکھے گی۔ ممکن ہے اس بچے کے قتل کی سازش میں شریک ہونے کا الزام لگا کر کورٹ تک جانا پڑے۔ برسوں مقدمہ چلے گا اتنے دنوں میں جانے کونسی پارٹی کی گورنمنٹ آجائے گی۔ مجھے جیل میں ڈال دیں گے۔ نرملا اتنی ٹھنڈی رات میں اکیلی سورہی ہے۔

آج میں نے اس ایڈیٹر کو لکھا ہے۔

''میرے لکھنے کا ایک مقصد یہ بھی ہے کہ میری لکھی ہوئی ایک سطر' ایک حرف کسی کو سچ بولنے کی طاقت دے۔ چور کو مجرم کہنے کا حوصلہ ہو۔''

مگر ایسے لوگ مجھے اپنے آس پاس نظر نہیں آتے......

کل نرملا کا میڈیکل چیک اپ کروانا ہے۔ ایک کہانی کب سے ادھوری پڑی ہے انہوں نے آہستہ سے کار کا دروازہ کھول کر باہر جاتے ہوئے سوچا......

''شاید اب میں بھی کسی کو نظر نہ آؤں۔''

جب مکر جی گہری نیند میں ڈوب گئے تو ایسا لگا جیسے کسی نے بیل بجائی ہے۔

''کون آیا ہے؟'' نرملا ڈر کے مارے ان سے لپٹ گئی۔

اُنہوں نے گھبرا کر دروازہ کھولا...... پولیس والے اسی بچے کی لاش لے کر آئے تھے۔

''بتاؤ......یہ کس کی لاش ہے......؟''

انہوں نے دروازہ بند کیا...... لائٹ آف کی بستر پر آکر لیٹے تو نرملا نے کروٹ بدل کر پوچھا'' کس کی لاش تھی وہ......؟''

''میرے ضمیر کی......'' مکر جی نے لحاف میں منہ چھپالیا......

ooo

تلاش

افسانہ ________________ جبیں

آج میں نے اسے دیکھا دس سال بعد!

میں وہ لمحہ کبھی نہیں بھول سکتی جس دن وہ میرے ساتھ تھی اور بھری بھری آنکھوں سے مجھ سے التجا کر رہی تھی کہ میں اسے واپس اس کے گھر نہ بھیجوں۔ اُس کی وہ تصویر ایک بے بس زندگی کی بھیک مانگتی ہوئی ایک زندگی سماجی رواجوں کی قید میں۔ مجھے مرتے دم تک یاد رہے گی۔ ایک زندہ لاش موت کی طرف بڑھتی ہوئی ایک بے بس زندگی اور پھر اسکی ایک اور تصویر قریب بیس سال پرانی اُس شوخ سی لڑکی جس نے ویمنس کالج کے ایک فیشن شو کو اپنی شوخی خوبصورتی اور اخلاق سے سنوار دیا تھا۔ اور پھر ایک شرمیلی سی مسکان لیے میرے قریب آنے کی کوشش کر رہی تھی۔

مگر آج جب کہ وہ بنجارہ ایک اسپتال میں مریضوں کے رشتہ داران کی قطاروں کو پار کرتی ہوئی میرے قریب آئی تو اس کی چال مختلف تھی ایک باوقار خاتون جس کی چال میں خود آگہی اور خود اعتمادی خامیاں تھی میری طرف بڑھتی آرہی تھی اور اس سے پہلے کہ میں سنبھل پاتی اس نے مجھے سلام کہا اور پھر وہ میری بانہوں میں تھی۔ جب میں نے اُسے چہرہ کو دیکھنا چاہا تو دکھا کہ اس کی آنکھوں میں آنسو تھے اور میری آنکھیں بھی جھک اٹھیں تھیں۔ وہ آج بھی اتنی ہی خوبصورت لگی جیسے کہ وہ بیس سال پہلے تھی۔ فرق صرف اتنا تھا کہ وہ ہر طرح سے ممتا کے مقدس جذبے سے بھری نوجوان ماں Peronification of a Young Mother لگ رہی تھی۔ آنکھیں ایک حوصلہ مند زندگی کا اظہار کر رہی تھیں اس کا ڈر خوف جو اس کی آنکھوں میں بھرا تھا جس نے میری راتوں کی نیند برباد کر رکھی تھی اب وہاں سے رخصت ہو چکا تھا۔ اس خوف زدہ لڑکی کا اس حوصلہ مند خاتون میں بدلاؤ کیسے آیا یہ میں اس دن جان نہ سکی۔ جب ہمارے جذبات نے ہمیں بیٹھ کر بات کرنے کی اجازت دی تو میں نے جانا کہ اس کے والد نواب صاحب اسی اسپتال کے ICU میں شریک ہیں اور ان کے جسم کو کھوکھلا کرتی بیماریوں کے سامنے Banjara اسپتال کا سارا کیرا دھرا کا دھرا رہ گیا تھا۔

نواب کا پہلا خاندان بھی وہاں موجود تھا۔ اور ان سب کے بیچ اک آٹھ نو سال کا لڑکا بھی تھا۔ چند لمحوں بعد وہ لڑکا اکیلے قریب آیا اور اس کے دوپٹہ کو پکڑ کر کہنے لگا اب چلیں مما سب لوگ آپ کا انتظار کر رہے ہیں۔

اس رنگین فیشن شو کے بعد میری ملاقات سائرہ سے پی جی کلاس میں ایک ریگولر طالبہ کی حیثیت سے ہوئی۔ اعلیٰ تعلیم کی خواہش اور کشش سائرہ کے برتاؤ میں صاف جھلکتی تھی۔ نصابی مصروفیات کے علاوہ سائرہ دوسری تقاریب میں بھی بڑھ چڑھ کر حصہ لیتی۔ اور وہ اس سال کی بسٹ آل راونڈر بھی قرار دی گئی تھی۔ وہ اکثر کلاس کے بعد میرے آفس میں آتی اور پھر اگر میں مصروف نہ ہوتی تو مجھ سے اپنے خوابوں اور اپنے خاندان کے بارے بات کرتیں۔

انھیں ملاقاتوں کے دوران میں نے جانا کہ اس کے والد ایک نواب ایک ڈھلتے نظام کی گزرتی نشانی ہیں میں نے سوچا وہ چاہتا ہو کہ اس کی لڑکی اعلیٰ تعلیم حاصل کرے تو اس سے اچھی اور کیا بات ہو سکتی؟

سائرہ کے ساتھ ہر دن ایک عمر رسیدہ خاتون ہوا کرتی تھی۔ جب سائرہ کلاس میں ہوتی تو یہ خاتون دھوپ میں بیٹھی کبھی ننگ کرتی نظر آتی یا پھر نماز

کے وقت تھاس بر یا برامدہ میں جانماز بچا کر نماز ادا کرتی نظر آتی کلاسس کے بعد وہ اور سائرہ تب تک گھر نہیں جاتیں جب تک کہ نواب کی Jeep آ کر انھیں گھر لے جاتی۔

ایک دن سائرہ نے مجھ سے کہا کہ اس کے والد نواب صاحب مجھ سے ملنا چاہتے ہیں۔ جب میں نے اس موقعہ پر اس سے کچھ اور تفصیلات جاننا چاہا تو پتہ چلا کی سائرہ نواب کی دوسری بیگم کی اولاد ہے۔ اور وہ خاتون سائرہ کی ماں تھی اور ان کو دنیا کے سامنے سائرہ کی آیا کی طرح پیش کیا جاتا تھا۔

ویسے بھی میں غیر ضروری تعارفات سے ہمیشہ گریز کرتی رہی ہوں۔ اور اس انکشاف کی کڑواہٹ کے بعد تو میرا نواب سے ملنے کا کوئی سوال ہی نہیں تھا۔ یہ حقیقت کڑوی تو تھی ہی پر پیدا ان اس معاملہ سے کوئی واسطہ نہ تھا۔

سائرہ نے ایم اے کا امتحان امتیازی نمبروں سے پاس کیا۔ اس کے بعد وہ آگے پڑھنے اور ریسرچ کرنے کی خواہش مند تھی اس نے ریسرچ کے داخلی امتحان کو بھی امتیازی نمبروں سے پاس کیا۔ ساتھ ہی ساتھ اس کی شادی کے لیے ایک لائق لڑکے کی تلاش بھی شروع ہو گئی۔ سائرہ کو ریسرچ کے سلسلے میں تھے Assign کیا گیا تو وہ میرے بہت قریب آ گئی۔

جیسے جیسے اس کی ریسرچ کا کام آگے بڑھتا گیا اس کیشادی کا تیاریاں بھی شروع ہو گئیں۔ نواب نے ایک تعلیم یافتہ نوجوان سے اس کا رشتہ پکا کر دیا۔ اس کی منگنی کی تقریب بڑے اہتمام سے منائی گئی جس میں مجھے بھی مدعو کیا گیا تھا۔ تقریب کے دوران ایک لمبی فہرست پڑھ کر سنائی گئی جس میں اس کے دیئے جانے والے زیورات، جہیز اور کپڑوں وغیرہ کا تفصیل سے ذکر تھا۔

پھر اس کے کچھ دن بعد سائرہ کی شادی کا سانحہ عمل میں آیا۔ شادی کے دوسرے ہی دن لڑکے کے ماں باپ نے اس کے زیورات اکٹھے کیے ان کی قیمت معلوم کروائی اور انھیں حیدرآباد کے مقامی جوہریوں کے ہاتھ بیچ دیا۔

نہ صرف یہ بلکہ اس نئے شادی شدہ جوڑے کو کبھی وہ تنہائی میسر نہیں ہوئی جس میں وہ ایک دوسرے کو جانتے یا سمجھ پاتے۔ سائرہ کچن کے فرش پر سوتی جب کہ اس کی ساس ان کے بیڈروم میں سو جاتی! گھر کا سارا کام سائرہ کے سپرد کر دیا گیا۔ اور پھر سائرہ کو ہر روز یہ کہہ کر ستایا جاتا کہ نواب نے اس کی سسرال والوں سے اس کی پیدائشی حقیقت سے آگاہ نہیں کیا۔ انھوں نے یہ کہہ کر اس کی بے عزتی کی کہ سائرہ نواب کی جائز اولاد نہیں بلکہ ایک ناجائز رشتہ کا نتیجہ ہے۔

ان سارے الزامات کے بیچ سائرہ کے شوہر نے کبھی بھی اپنی شریک حیات کی نہ تو حمایت کی نہ ہی اپنے ماں باپ کو روک پایا۔ چند دن بعد سائرہ کے شوہر کا تبادلہ بنگلور شہر ہو گیا اور سائرہ اپنے شوہر کے ساتھ بنگلور چلی گئی۔

بنگلور میں قیام کے یہ چند ماہ سائرہ کی شادی شدہ زندگی کی کل کائنات تھی جس میں سائرہ اور اس کے شوہر نے اپنی ازدواجی زندگی کی پہلی اور آخری مسرت کو محسوس کیا۔ چند مہینہ بعد سائرہ اپنی کوکھ میں اس نئی زندگی کی مسرت لیے حیدرآباد واپس آ گئی۔ اس کے قیام کا انتظام اس کی سسرال میں ہی کیا گیا تھا۔ پھر شروع ہوا اس کی زندگی کا ایک بھیانک دور جس کا تصور بھی بے حد خوفناک تھا۔

اس کی سسرال میں اعلیٰ تعلیم کا کوئی تصور نہیں تھا ریسرچ کے سلسلے میں سائرہ کی مصروفیات انھیں ایک ڈھکوسلہ لگتی تھی اس کی پڑھائی اور امتحان کی تیاری پر ہمیشہ اعتراض ہوا کرتا اس کی صحت کی موجودہ ضروریات کو غیر ضروری سمجھا جاتا رہا۔ ریسرچ کے سلسلے میں اگر وہ لائبریری جانیکا

ادارہ کرتی تو اسے روک دیا جاتا۔ سائرہ کی ساس کو ہر دم یہی فکر لگی رہتی کہ کسی صورت بھی اس کو ماں بننے سے روک دیا جائے اور اس کے حمل کو برباد کردیا جائے تاکہ جب بھی طلاق کا معاملہ عدالت میں پیش ہو تو اس کی اولاد کے لیے نان نفقہ دینے سے وہ سب بچ جائیں۔

اس دن سائرہ گھر میں اکیلی تھی اور اپنی پڑھائی میں مصروف تھی۔ اچانک اس کے کمرے میں آ کر اس کی ساس نے حکم دیا کہ وہ کپڑے بدلے اور اسپتال جانے کی تیاری کرے۔ پر اماں ابھی تو میرے اسپتال جانے میں کئی ہفتے باقی ہیں، سائرہ نے کہا اس سے ہمیں کوئی فرق نہیں پڑتا۔ تیار ہو جاو اس حمل کو ساقط کروانے کے لیے ہمیں نہ تم سے کوئی واسطہ چاہیے نہ ہی تمہاری اولاد سے۔ جتنی جلدی یہ حمل گرانا ہے اب ہم طلاق کی کروائی شروع کریں گے'' اس کو جواب ملا اور پھر وہ باہر چلی گئی ایک سواری کی تلاش میں۔

سائرہ کے لیے نہ صرف ایک ذاتی ٹریجڈی تھی بلکہ اس کے مستقبل کے لیے بھی ایک بیحد خطرناک اشارہ تھا۔ اس کی ساس ایک آٹو رکشا لے کر واپس آتی اور زبردستی کرتی ہوئی سائرہ کو گھسیٹ کر باہر لے آتی۔ سائرہ اپنی پوری طاقت سے آنے والے خطرہ کے خلاف ہڑبڑی، ساس بہو کی اس ہاتھ پائی کو دیکھ آٹو رکشا ڈرائیور بھاگ گیا۔ سائرہ کو اندر ڈھکیل کر اس کی ساس نے باہر کے دواز ے پر تالا لگا دیا اور ایک دوسرے آٹو رکشا کی تلاش میں نکل پڑی۔

زندگی میں پہلی بار سائرہ نے اپنے اندر اپنے بچاو کے احساس کو محسوس کیا۔ وہ کون سی طاقت تھی جو اس کو اشارہ کررہی تھی کہ اگر وہ اس جہنم سے اس وقت نہ نکل پائی تو نہ ہی وہ اور نہ ہی وہ زندگی جو اس کے جسم میں پل رہی تھی کبھی بچ سکے گی۔ اسے ایسا لگا کہ اس کا نا مولود بچہ اس کی طاقت بن گیا ہو اور اپنی ماں کی حفاظت کے لیے سائرہ کو ہمت دے رہا ہو۔

سائرہ نے چند کتابیں اور چند کپڑے ایک بیاگ میں ٹھونسی اور پیچھے کے دروازہ سے سڑک پر نکل بھاگی اور اک خالی آٹو میں بیٹھ گئی۔ ڈرائیور کو اس نے میرے گھر کا پتہ بتادیا۔ ''میں کسی بھی گھر جانا نہیں چاہتی۔ نہ اپنے گھر اور نہ ہی اپنے سسرال'' وہ بے تحاشہ رو رہی تھی۔ ' آپ مجھے چند دن کی مہلت دیں اور اپنے پاس رہنے دیں مجھے میں کوئی نوکری ڈھونڈ لوں گی اور آپ پر بوجھ نہیں بنوں گی۔ آپ مجھے اپنی چھت کے نیچے رہنے دیں'' اس نے مجھ سے التجا ک'' پر میں کسی بھی صورت تمہیں اپنے ساتھ نہیں رکھ پاوں گی۔ تمہارا سسرال اور نہ ہی تمہارا میکہ اس کی اجازت دے گا'' میں نے کہا

توان لوگوں نے سائرہ کے دوستوں کے گھروں کے فون نمبر بھیج دئی آخر کار نواب کے گھرانے کا ایک ملازم میرے گھر آ پہنچا۔

''ابھی ں کچھ دن میرے ساتھ ہی رہنے دیں میں نے اس سے کہا

''نہیں بی بی ان کی اس نازک حالت میں یہی بہتر ہو کہ یہ اپنے ماں باپ کے گھر ہی رہیں'' اس نے جواب دیا

''انہیں اس وقت اپنوں کی ضرورت ہے اور پھر آپ تو ان کی ماں کی طرح ہی ہیں۔

''یہ آپ سے ربط رکھیں گی''

اور غم اور غصہ سے تڑپتی سائرہ کو اس کے اپنے جہنم میں ڈھکیل دیا گیا۔ اور میں اس کے بھروسہ کو وفا کرنے میں ناکام رہی۔ اس دن جب کہ وہ میرے گھر آئی تھی اس امید کے ساتھ کہ میں اسے اپنے گھر میں جگہ دوں گی سائرہ نے اپنی زندگی بے حد کڑوی حقیقت کے بارے میں بتایا تھا۔ اس نے مجھے بتایا کہ اس کا استحصال اس کے اپنے باپ کے گھر سے ہی شروع ہو چکا تھا۔ لڑکپن سے ہی اس کا جذباتی استحصال ہوتا رہا تھا اسے اعلیٰ تعلیم

کے لیے اس لیے بھیجا گیا تھا کہ ایک بولتے سماج کی بولتی قدروں میں ایک تعلیم یافتہ لڑکی کی زیادہ مانگ ہوتی ہے۔ ایسی مانگ جو خاندانی رواجوں اور رشتوں کی قید سے آزاد ہوتی ہے اس حقیقت کو جیتے اور جانتے ہوئے بھی سائرہ نے حالات کا ساتھ دیا کیوں کہ تعلیم ہی اس کی آزادی کی چابی تھی چاہے وہ کسی بہانے بھی اسے میسر ہو جائے۔ جب اس کی شادی کی بات چلی تو سائرہ نے بنا کسی اعتراض کے اس دشند کو قبول کر لیا تا کہ اسے اپنے باپ کے گھر کی جہنم سے نجات مل سکے۔ لیکن اس کی ازدواجی زندگی کے درد اور پریشانی کے جہنم اسے کوئی نجات نہیں مل پائی بلکہ جہنم کی آگ اور زیادہ ہوگئی اس کے سسرا والوں نے اسے صرف اس لیے قبول کیا تھا کیوں کہ وہ ایک امیر نواب کی بیٹی تھی اور بس!

اس دن کے واقعہ کے بعد نہ وہ مجھ سے مل پائی اور نہ ہی میں اس سے ملنے کے لیے وقت نکال سکی۔ کبھی کبھی وہ مجھے فون کر کے اپنے ریسرچ کے کسی مسئلہ پر گفتگو کرتی گو میں اس کی صحت اور حفاظت کے لیے پریشان رہی اور وہ اپنے ریسرچ اور ہونے والی اولاد کے بارے میں فکر مند رہی۔

اسی دوران اس کی سسرال والوں نے طلاق کی کاروائی شروع کر دی۔ سائرہ نے پہلے پہل طلاق کی نوٹس پر سائن کرنے سے انکار کر دیا۔ پھر شروع ہوا وہ دور جس میں اس کی ازدواجی زندگی کی دھجیاں اجنبی لوگوں کے بیچ عدالت میں اُڑائی گئیں۔ دونوں فریق ایک دوسرے پر کیچڑ اُچھالتے رہے اور سائرہ ایک ایسے گناہ کی سزا جھیلتی رہی جو اس نے نہیں کیا تھا اس کے سسرال والوں نے نواب پر الزام لگایا کہ انھوں نے دھوکے سے اپنی ناجائز اولاد کو جائز بتا کر شادی کروائی اور نواب کے وکیل نے فریقین پر مکاری اور لالچ کا الزام لگایا جو ایک زندگی کو پیدائش ء سے پہلے ہی برباد کرنا چاہتے تھے۔

یہ مقدمہ طول کھینچتا گیا اور اس دوران حاملہ ہونے کے باوجود بھی سائرہ کے آس پاس رحم کی کوئی کرن نہ تھی۔ مجھے یہ بھی پتہ چلا کہ نواب نے سائرہ کے حصہ کی جائیداد فروخت کر کے اس کے لیے ایک Flat خرید رکھا ہے پر سائرہ کو اس میں رہنے کی اجازت نہیں دی گئی ہے۔

پھر مجھے خبر ملی کہ سائرہ نے ایک لڑکے کو جنم دیا ہے۔ اس خبر کو سننے کے بعد یہ میری دلی خواہش تھی کہ میں اس سے ملوں اور اس کے بچہ کو دیکھوں وَاس کا حال معلوم کروں پر میں کسی بھی قیمت پر یہ نہیں چاہتی تھی کہ میرا سامنا اس نواب سے ہو۔

دن گذرتے گئے اور میں اپنی تعلیمی مصروفیات میں الجھ کر رہ گئی کیوں کہ مجھے ایک سال کے لیے امریکہ کی ایک فیلوشپ پر امریکہ روانہ ہونا تھا۔ اسی دوران ایک دن مجھے شہر کے ایک Maternity Hospital میں ایک اور طالبہ کے نوزائدہ بچے کے لیے جانا پڑا۔ اور میں نے وہاں سائرہ کو دیکھا! اسپتال کی سیڑھیوں پر کھڑی سائرہ اپنے بچہ کو بانہوں میں لیے اپنی ماں کا انتظار کرتی دکھائی دی اس کا سر ایک سفید ڈوپٹے سے ڈھکا تھا اور وہ اپنے بچہ کو سینے سے لگائے تقدس کی ایک ایسی مورتی لگ رہی تھی جیسے کہ مرہم! اس کے چہرے پر ایک روحانی خوشی کا احساس صاف چمک رہا تھا۔ وہ نہ صرف خوش نظر آرہی تھی بلکہ بے حد خوش بھی تھی اور اپنے بچہ کے پہلے ٹیکہ کے سلسلے میں اسپتال آئی تھی ''آج کل کہاں رہ رہی ہو'' میں نے اس سے پوچھا۔

''وہی پرانا مکان، بابا کی حویلی'' اس نے جواب دیا

''پر اب تو تمہارا اپنا Flat بھی ہے نا''

''پر مجھے وہاں رہنے کی ابھی اجازت نہیں ہے'' اس کے لہجے میں بے بسی جھلک اٹھی۔

''پھر میرا Baby بھی ابھی بہت چھوٹا ہے وہ کہتے ہیں کہ میں اکیلی اسے سنبھال نہیں پاؤں گی۔

اور میں خاموش رہی

اس سال جنوری آخری ہفتہ میں مجھے امریکن یونیورسٹی میں رپورٹ کرنا تھا اور اس رات میں اپنے گھر میں سارے ضروری کاغذات اور دستاویز پھیلائے اپنی فائلیں تیار کر رہی تھی کہ سائرہ کا فون آیا۔

اس کی آواز آنسوؤں میں ڈوبی ہوئی پریشان سی تھی۔

''آپ کب جا رہی ہیں امریکہ؟ اس نے پوچھا

''کیوں اسی مہینہ آخری ہفتہ میں''

پلیز آپ مجھے بھی ساتھ لے چلیں...... میں اپنی ٹکٹ خود ہی خرید لوں گی اور آپ پر بوجھ نہیں بنوں گی اور میں کچھ بھی کام ڈھونڈ لوں گی'' اس نے کہا

''میں تمہیں اپنے ساتھ نہیں لے جا سکتی تم جانتی ہو' وہاں جانے کے لیے ایک طریقہ کار رہوتا ہے یونہی ویزا وغیرہ نہیں ملتا۔

وہ فون پر ہی سسک سسک کر رونے لگی۔

''مجھے بتاؤ آخر بات کیا ہے''

''گھر کے سارے لوگ نمائش گئے ہیں۔ آج یوم خواتین ہے نا''

''پھر تم کیوں نہیں گئیں ان سب کے ساتھ'' میں نے پوچھا

''نہیں Ma'm بابا نے کہا کہ میرا بچہ بہت چھوٹا ہے اور مجھے گھر ہی میں رہنا ہو اس کو Feed کرنے کے لیے۔

''وہ تو تم نمائش میں بھی کر سکتی ہو''

اب وہ پھوٹ پڑی

''نہیں Ma'm یہاں لوگ بے حد گندے ہیں وہ مجھے کہیں بھی اکیلا جانے نہیں دیتے..... اور بابا..... بابا بہت بُرے آدمی ہیں اس کی سسکیاں میرے لیے بے حد خوف ناک تھیں اس لمحہ میں اس کے دکھ کی گہرائی نہ جان پائی۔

''ہوش میں آؤ سائرہ وہ سب تمہارے اپنے لوگ ہیں وہ تو تمہارا بھلا ہی چاہیں گے'' میں نے کہا

''نہیں۔ وہ نہیں چاہتے میرا بھلا۔ مجھے ہر دن مرنا پڑتا ہے یہاں''

اب میں نے جانا کہ وہ کس قسم کی آگ میں جھلس رہی ہے!

میں اس کے بھروسے کو وفا کرنے میں پھر ایک بار ناکام رہی۔

ایک سال بعد جب میں واپس آئی تو کئی ایک چیزیں بدل چکی تھیں۔ میرے اپنے ادھورے کاموں سے مجھے الجھنا تھا۔ مجھے یہ بھی خبر ملی کہ سائرہ نے اپنے باپ کا گھر چھوڑ دیا ہے اور وہ شہر کی جدید آبادی میں ایک Flat میں رہ رہی ہے اور عورتوں اور کم عمر ستائی ہوئی لڑکیوں کے لیے ایک Consultancy کھول رکھی ہے۔ جس میں وہ انھیں ممکنہ مدد کرتی ہے اور اپنے لیے بھی ایک نوکری ڈھونڈ رکھی ہے۔

جب میں نے اسپتال میں اس کے اس کے بدلے ہوئے حالات کے بارے میں پوچھا تو وہ مسکرائی اور میرا کال نمبر اور ای میل کو

حاصل کیا تا کہ وہ مجھے اپنے سارے حالات سے تفصیل سے آگاہ کر سکے۔

چند دن بعد مجھے اس کی یہ ای میل ملی۔

''ایک دن یہ حادثہ تو ہونا ہی تھاMa'm میں اپنی زندگی سے اور ماحول سے تنگ آ چکی تھی۔ میرے چاروں طرف ناامیدی تھی اور کسی بھی قسم کی کوئی مدد کی کرن میرے آس پاس نہ تھی۔ میرا استحصال اس حویلی میں اسی طرح جاری تھا جیسے کہ ہمیشہ سے تھا۔

لیکن اک دن ایک دن میرے صبر کا پیانہ ٹوٹ گیا۔ وہ بھی ایسے کہ اس کے ساتھ اس خاندان سے سارے بندھن ٹوٹ گئے۔ اس دن میں اور میرا گھر میں اکیلے تھے سرا خاندان ایک شادی میں گیا ہوا تھا۔ جب بابا نے Attack کیا تو نہ جانے مجھ میں کہاں سے اتنی طاقت اتنی ہمت آ گئی کہ میں نے ان کے سر پر کچن میں پڑا ایک پرانا Pistle دے مارا۔ چوٹ ان کے سر پر پڑی اور وہ چکرا کر گر پڑے۔ مجھے معلوم نہ تھا کہ وہ زندہ بھی ہیں یا مر گئے اس لمحہ میں بے حد ڈری ہوئی بھی تھی اور اتنی ہی ہمت مجھ میں اُبل رہی تھی۔ میں نے اپنے والد کا قتل کر دیا تھا میری اپنی اولاد کو بچانے کے لیے۔ مجھے اس منحوس حویلی سے نکلنا تھا۔ میں نے اپنے سوئے ہوئے بچے اور چند چیزیں اکٹھا کی اور حویلی سے نکل بھاگی۔ میری منزل Womens College کے ہاسٹل کی Warden تھیں۔ وہ مجھ سے کالج کے زمانے سے واقف تھیں اور میری زندگی کے بارے میں تھوڑا بہت جانتی بھی تھیں۔

وارڈن میڈم نے مجھے اور میرے بچہ کو آسرا دیا۔ قانونی مدد کا انتظام کیا اور مجھے اپنے Flat میں بسنے اور ایک نوکری ڈھونڈنے میں میری مدد کی کچھ دنوں بعد میں نے حویلی کی خبر ملی پتہ چلا کہ نواب صاحب صحت مند ہو چلے تھے پر انھوں نے میری ماں کو گھر سے نکال باہر کیا اب وہ میرے ساتھ رہتی ہیں جو باتیں آپ اپنے لکچرز میں ہمیں سمجھاتی رہی تھیں Madam میں نے آج تک یاد رکھی ہیں۔ آپ نے کہا تھا کہ سانحہ ایک نئی امید کو جگاتا ہے۔ ہر خاتمہ ایک نکتے آغاز کی نشانی ہے۔ ہر موت ایک نئی زندگی کی نشانی ہے ہر جلتی ہوئی چتا سے ایک نئی زندگی اُبھرتی ہے Phoenix کے روپ میں جیسے کہ میں نے اپنی آگ سے بغاوت کر زندگی کی ڈور پکڑ رکھی ہے۔ بے حد شکریہ میڈم! زندگی کے میرے سفر میں میری ہمت افضائی کرنے کا، میری بہاروں میں آپ کی ساجھے داری کا، میری سردیوں میں زندگی کی حرارت دینے کا، میری گرمیوں میں ٹھنڈک پہنچانے کا، جب کہ زندگی کے طوفان نے میرے وجود کو دھمکایا تھا۔ موت اور زندگی کے انتخاب میں میں نے زندگی کا پیچھا کیا اور زندگی نے میرے ساتھ وفا کی ہے''

OOO

پھر صبح ہوگی

افسانہ ________________ لکشمی دیوی راج

شام ہو چکی تھی، دن ڈھل رہا تھا، سورج غروب ہو رہا تھا۔ برون ابھی تک گھر نہیں لوٹا تھا۔ اس کی بیوی سندھیا اس کے انتظار میں Sitting Room کی کھڑکی کے قریب ایک Couch پر بیٹھی تھی۔ کمرے میں اندھیرا چھا گیا تھا۔ سندھیا چپ چاپ بیٹھی رہی، چراغ روشن نہیں کیے، موٹر کی آواز سے چونک کر وہ اُٹھ کھڑی ہوئی، آگے چلنے لگی۔ سندھیا نے دیکھا برون گاڑی گیریج کے باہر چھوڑ کر گھر کی طرف آ رہا تھا۔ وہ اس طرح کار باہر چھوڑ کر نہیں آتا۔ سندھیا کے جسم میں کپکپی سی دوڑ گئی اس کا دردمند دل تڑپ گیا۔ برون کی چال سے اسے لگا کہ برون کو وہ Promotion جس کی اس کو قوی امید تھی نہیں ملا! وہ تیز تیز چل کر برون کے ہاتھوں کو اپنے ہاتھوں میں لے لیا، ایک ٹھنڈی آہ بھری، سندھیا کے ہاتھ چھوڑ دیئے۔ برون نے دھیمی آواز میں کہا" سندھیا تم نے چراغ نہیں جلائے، اندھیرے میں بیٹھی ہو کب سے؟" سندھیا نے کہا" میں آپ کے انتظار میں بیٹھی رہی میرا دھیان......."

برون چل کر سندھیا کے پاس Couch پر بیٹھ گیا۔ سندھیا نے ہمت کر پوچھا" برون کس کو ملا Promotion؟"، "فیض کو....." سندھیا چپ ہوگئی۔ میں تو اپنا نام سننے کے لیے بے قرار تھا کہ فیض کا نام سنایا گیا۔ مجھے یقین نہیں آ رہا تھا۔ سب لوگ فیض کے ارد گرد کھڑے اسے مبارکباد دے رہے تھے۔ میں نے کبھی نہیں سوچا تھا کہ اس طرح میرا حق مارا جائے گا۔" سندھیا نے اٹھ کر برون کے کاندھے پر ہاتھ رکھا کہا" اتنا ملال نہ کیجئے۔ God is Great کوئی نہ کوئی راستہ نکل آئے گا" اس نے برون کے دونوں ہاتھ اپنے ہاتھوں میں لے لیے۔ برون نے اپنا ہاتھ نکال کر دھیرے سے سندھیا کے گال چھونے لگا۔ سندھیا نے بڑی نرمی سے برون کا ہاتھ چوم لیا۔" سندھیا مجھے بڑا صدمہ پہنچا۔ میں ہمیشہ اسی مغالطہ میں تھا کہ Promotion مجھے ہی ملے گا۔ ساتھ ہی میں نے بڑے سپنے سجائے رکھے تھے افسوس اسی بات کا ہے کہ میں تمھارا وہ خواب Kovilam Beach پر گھر...... پورا نہ کر سکا۔

" سندھیا نے کہا" انشاءاللہ خدا نے چاہا تو ضرور کوئی اور اچھی بات ہوگی۔" نہیں سندھیا پتہ نہیں....." سندھیا نے فوراً کہا" آپ بھگوان پر بھروسہ کیجئے۔ سب ٹھیک ہو جائے گا۔ برون کو ہمت دلانے کی کوشش کی خود کو بھی اذیت پہنچی تھی! وہ کوشش کر رہی تھی کہ برون کو حوصلہ دے سکے۔" بھگوان نے چاہا تو آپ کو جلد ہی خوشیاں نصیب ہوں گی"۔ برون کچھ دیر چپ رہا، سندھیا چاہتی تھی کہ برون اپنے دل کا بوجھ کچھ ہلکا کرے۔ برون نے ڈوبتی ہوئی آواز میں کہا' سندھیا یہ صرف مایوسی ہی نہیں، مجھے افسوس اس بات کا ہے کہ مجھے نظرانداز کیا گیا ہے، میں بھی اتنا مستحق تھا جتنا کہ فیض۔ مجھے دھکا لگا ہے۔ میں سچائی کا سامنا کر نہیں سکتا ہوں۔ سندھیا برون کے اور قریب گئی اور کہا" چلئے آپ تھک گئے ہیں، چل کر سو جائیں۔

سندھیا سوچنے لگی کہ کس طرح برون کا جی ہلکا کرے۔ اس کا من روپڑا وہ اپنے بچوں کا دل کس آسانی سے بہلایا کرتی اور آج.....! وہ برون کے دل میں بے پناہ اعتماد پیدا کرنا چاہ رہی تھی۔ سندھیا نے دھیرے سے کہا" برون چلئے کچھ کھا لیتے ہیں پھر آرام سے سو جائیں۔ دیکھئے رات کتنی گہری ہوگئی ہے، اور صبح طلوع آفتاب کے ساتھ ساتھ دنیا میں نور پھیلے گا، ہر شئے جگمگا اٹھے گی اور رنگت بدل جائے گی۔" برون

وہاں سے اٹھا نہیں اور کہا'' سندھیا میں تم سے باتیں کرنا چاہتا ہوں۔ سنو گی نہ؟'' واہ یہ بھی خوب کہا۔ آپ جیسے چانتے نہیں کہ...... نہیں سندھیا ایسی بات نہیں دیکھو اب میں 35 سال کا ہو گیا ہوں۔ میں نے اس فرم میں گیارہ سال جم کے کام کیا محنت کی۔ میں ترقی کرنا چاہتا تھا۔ اور پھر'' سندھیا نے پھیکی مسکراہٹ سے بات کاٹتے ہوئے کہا'' پھر آپ مجھ سے ملے اور کیا ہوا۔ ہم دونوں کو ایک دوسرے سے محبت ہوگئی!''

''ہاں سندھیا، تمھیں یاد ہے ہم کیا کیا Plans بنایا کرتے تھے'' جی یاد ہے۔ ہمیں اس وقت کیا معلوم تھا کہ ہم اس طرح ہمیشہ کے لیے ایک دوسرے کے ساتھ ہوں گے''۔

اس عرصے میں کافی کچھ ہوگا۔ شادی ہوگی، دو بچے بھی ہو گئے بھگوان کی دَیا سے دونوں ماضی کی باتوں میں کھو گئے۔ سندھیا شرمیلی لڑکی، دل موہ لینے والی مسکان، چمکیلی آنکھیں، ہنس مکھ چہرہ۔ معصوم بچے کی طرح زندگی کے کنارے خیال ریت کے گھر بنا رہی تھی۔ اچانک زندگی میں بچپن غائب، شادی سے بیوی بنی اور دو بچوں کی ماں! اسی طرح برون نے محسوس کیا کہ وہ تنہا نہیں ہے، بلکہ اس کے ساتھ زندگی کی دوڑ میں سندھیا شریک تھی! برون نے کہا سندھیا تم میرے ساتھ تھیں۔ مجھے جو بھی خوشی ملی میں تمہارے ساتھ share کرنا چاہتا ہوں، ہمیشہ سوچتا کہ تمھاری گود خوشیوں سے بھر دوں۔ لگتا تھا کوئی بھی چیز میرے .... قدرت سے باہر نہیں! تم ملیں تو لگا میں کتنا خوش نصیب ہوں، تمھاری محبت ملی'' برون زندگی نہایت خوب صورت ہے۔ بھگوان کا دیا سب کچھ ہے، ہمیں کسی بھی بات کا ملال نہیں کرنا چاہیے۔ ہر مایوسی کا ڈٹ کر مقابلہ کرنا چاہیے، تو زندگی کامیاب بنتی رہے گی۔ برون میں جانتی ہوں کہ آج کی مایوسی نے آپ کو پریشان کیا۔ دیکھو نہ۔ یاد ہے ہم جب کالج میں تھے تو ہم دونوں کو قوی امید تھی کہ ڈراموں میں کام کرنے کا انعام ہم ہی کو ملے گا لیکن ایسا نہیں ہوا۔ سندھیا نے مسکرانے کی کوشش کی۔

برون نے پریشان نظروں سے سندھیا کو دیکھا، سندھیا کا مطلب بھانپ گیا۔'' او برون آج کی مایوسی کی نوعیت کچھ اور ہے، لیکن زندگی میں ایسے حادثے ہوتے رہتے ہیں ایسے نشیب وفراز آتے رہتے ہیں۔ انسان اگر اندر سے مضبوط نہ ہو تو وہ خود زندگی کے ہاتھوں مارا جاتا ہے۔ خدا پر بھروسہ رکھئے، آپ ابھی جوان ہیں..... '' برون نے سندھیا کے ہاتھوں کو نرمی سے دبایا اور متبسّم خیز مسکراہٹ سے گویا ہوا۔ ''تمھیں یقین ہے؟''

سندھیا نے بات جاری رکھنے کی کوشش کی۔ برون نے سندھیا کے ہاتھ چھوڑ دیئے اور کہا'' تم اندھیرے میں کیوں بیٹھی ہو''۔ سندھیا نے کہا'' وہ میں آپ کے انتظار میں بیٹھی، Light لگانا بھول گئی۔ ویسے بھی اندھیرا غور وفکر کرنے کے لیے بہت موزوں ہوتا ہے۔ میں نے سوچا آپ جلد گھر لوٹ آئیں گے۔'' ہاں میرا بھی یہی خیال تھا، چلو ہم بیٹھ جاتے ہیں'' یہ کہہ کر وہ سندھیا کے پاس اسی صوفے پر بیٹھ گیا۔ سندھیا چاہتی تھی کہ اندھیرے میں بیٹھ کر دونوں باتیں کریں تاکہ برون اپنے دل کا حال سنانے میں سہولت محسوس کرے، کم از کم دونوں ایک دوسرے کے چہرے کا اُتار چڑھاؤ نہ دیکھ سکیں۔ سندھیا اسی طرح برون کی ہمت افزائی کرتی رہی۔ مایوسی کا ڈٹ کر مقابلہ کرنا چاہیے تاکہ ان کی زندگی کامیاب بنتی رہے۔ اسی طرح اس نے کہا'' برون آپ کو یاد ہے ہم جب کالج میں ڈراموں میں حصہ لیا کرتے تھے اور ہم کو قوی امید ہوتی کہ ہم کو انعام ملے گا، لیکن ایسا نہیں ہوتا'' سندھیا نے مسکرانے کی کوشش کی۔ خدا جو بھی کرتا ہے اس میں کچھ مصلحت ہوتی ہے جو بھی آج ہوا اسے بھولنے کی کوشش کیجئے خدا پر بھروسہ کیجئے، آپ کو انشاء اللہ اس سے بھی بڑھیا Promotion ملے گا۔ آپ کو اس طرح مایوس نہیں ہونا

چاہیے، آپ ابھی جوان ہیں۔ زندگی میں تو ایسے نشیب وفراز آتے رہیں گے۔ ہمت سے مقابلہ کرنا چاہیے۔ صبح آپ خود محسوس کریں گے کہ جو بھی میں نے کہا وہ حقیقت سے دور نہیں۔ میں آپ کو اچھی طرح سے جانتی ہوں''۔

برون اٹھ کر کھڑا ہوگیا، سندھیا کو سہارا دیا اور کہا'' آج کا دن بڑا طویل تھا، میں بالکل تھک گیا ہوں، چلو چل کر سو جائیں'' برون کی آواز کسی قدر ہلکی لگی۔ سندھیا نے مسکرا کر برون کا ہاتھ تھاما، دونوں اپنے کمرے کی طرف چل پڑے۔ چراغ جلانے سے اندھیرا دور ہوا، برون کے دل کا بوجھ ہلکا ہو رہا تھا۔ چلتے چلتے برون نے کہا'' سندھیا مجھے خود پر اتنا اعتماد نہیں جتنا کہ تم کو مجھ پر ہو رہا ہے، تم کہتی ہو تو مان لیتا ہوں، ہمت نہیں ہاروں گا''۔ سندھیا نے برون سے لپٹ کر کہا'' چلئے کل پھر صبح ہوگی''۔ جیسے ہی دونوں اپنے کمرے میں داخل ہوئے برون نے سائیڈ کی لائٹ آن کر دی۔ سندھیا حیران.... برون نے کہا سندھیا صبح ہوگئی۔ میرا Promotion ہو گیا ہے فیض کا بھی ہوا ہے، میں نے یوں ہی تم کو ستانے کہا تھا''۔'' آپ بھی نہ'' سندھیا نے کہا اور برون گلے میں بانہیں ڈال روئی۔

000

افسانہ

نورالحسنین

زندہ درگور

ایک عجیب سی تنہائی تھی جیسے وہ زندہ درگور ہوگئے ہوں ،نہ کوئی پُرسان حال تھا۔ نہ کوئی انسانی آواز سنائی دیتی تھی۔ اُنھوں نے اپنے موبائیل کی طرف دیکھا ،اُس کا اسکرین بھی سیاہ تھا اور شاید وہ بھی اُن ہی کی طرح تنہا ہو چکا تھا۔ اُنھوں نے اُسے آن کیا اور بٹن دبا کر کان ٹیکس Cuntact s کا پیج دیکھا ،جانے والی کالس Calls سے وہ بھرا ہوا تھا لیکن آنے والی کسی کال کا اُس میں اندراج نہیں تھا۔ اُنھوں نے اُس پر سے اپنی نظریں پھیرلیں۔ بیڈ سے لٹکی ہوئی اپنی ٹانگوں کو اوپر کھینچا اور گھٹنوں کو اوپر اُٹھایا ،اپنے دونوں ہاتھوں کے گھیرے میں اُنھیں کس لیا اور اپنی گردن جھکا دی ۔گردن کو جھکانا ہی تھا کہ جیسے اُن کے دماغ کا بٹن آن ہوگیا۔ کیا وقت آ گیا ہے۔ ورنہ یہی شہر تھا ،کیسی گہما گہمی رہتی تھی کہ کان پڑی آواز سنائی نہ دیتی تھی۔ سڑکوں پر بھاگتی دوڑتی موٹروں کا ریلہ رُکنے کا نام نہ لیتا تھا۔ بیچ بیچ میں آٹو والے اور موٹر سائیکل سوار الگ رش کرتے اور فٹ پاتھ پر پیدل چلنے والے انسان، دھکا ٹکی کھاتے آگے بڑھتے نظر آتے تھے،لیکن اب تو سب کچھ سنسان ہوگیا ہے۔ گھروں کے دروازے کھڑکیاں تک بند ہیں گویا فرعون کی بستی میں عذاب اُتر آیا ہے کہ جو بھی باہر نکلے گا موت اُسے دبوچ لے گی۔

منیر الدین نے گھٹنوں سے گردن اوپر اُٹھائی اور اپنے اطرف کا جائزہ لینے لگے۔ سوشیل ڈسٹنس Social distance کے حساب سے مریضوں کے بیڈ لگے ہوئے تھے وہ سب ایک دوسرے سے اُتنے ہی ان سوشیل Un social تھے اور اپنے اپنے خداؤں کو یاد کر رہے تھے۔ کسی ڈاکٹر یا نرس کا پتہ نہیں تھا۔ اُنھوں نے ایک بار پھر اپنے موبائیل کو ہاتھوں میں اُٹھایا اور اُسے چیک کرنے لگے کہیں یہ سائلنٹ موڈ Silent mood پر تو نہیں چلا گیا ،لیکن ایسا کچھ نہیں ہوا تھا۔ اُنھوں نے پھر ایک بار اُسے تکیے کے پاس رکھ دیا۔ اُن کا ذہن پھر ایک بار سوچنے لگا تھا اور کیسی کیسی تصویریں سامنے گردش کرنے لگی تھیں۔ جن میں بیٹوں کے ساتھ ہی ساتھ عزیز واقاریب، دوست احباب، ملنے جلنے والے ،کاروباری رابطہ رکھنے والے ،گاہک ،مسجد میں ساتھ نمازیں پڑھنے والے ساتھی، اُن کی دکان اور گھریلو ملازم اُن کا اپنا بھرا پورا گھر دونوں بیٹے ،بہویں، تین پوتیاں ایک پوتا گھر کے سامنے بڑا سا لوکھنڈی دروازہ اور اُس کے سلاخوں کے گیپ سے جھانکتا ہوا ٹائیگر ،جس کی زبان جبڑے سے باہر نکلی ہوئی رہتی تھی ۔اُن سب میں ایک ٹائیگر ہی تو تھا جس سے اُنھیں سخت نفرت تھی۔ جس وقت ایک پلّے کی صورت اُسے اُن کے بیٹے نے گھر میں لایا تھا تو وہ اُسی وقت سخت برہم ہو گئے تھے کہ اس نجس جانور کو کیوں لایا ہے۔ یہ گھر میں رہے گا تو فرشتے گھر میں نہیں آئیں گے۔ کتے کے پلّے نے اُنھیں محبت بھری نظروں سے دیکھا تھا ،اسے واپس کر دے ۔اُنھوں نے اُس کی محبت بھری نظروں سے اپنی نظریں ہٹا کر بیٹے کی طرف دیکھا تھا تو اُنھیں جواب ملا تھا ،یہ گھر میں نہیں گیٹ کے پاس ہی رہے گا۔

منیر الدین صوم وصلواۃ کے پابند، نہایت ہمدرد اور شریف انسان تھے۔ اونچا پورا قد صحت مند جسم، اُن کے چہرے پر شرعی داڑھی، اور لبوں پر ہمیشہ مسکراہٹ کھیلتی رہتی، نہایت خوش مزاج طبیعت ،لمبا سفید کرتا ،ٹخنوں سے اوپر پاجامہ۔ سر پر دوپلی ٹوپی ،گھر سے دکان پر جانے کے لیے جب بھی وہ ورانڈے میں آتے کتا دم ہلاتے ہوئے اُن کی طرف دوڑتا ہوا آتا اور وہ اُسے جھڑک دیتے اور وہ زمین پر بیٹھ کر دم ہلانے لگتا تھا اور وہ بے

نیازی سے پھاٹک کھول کر جیسے ہی باہر نکلتے۔ آداب سلام کا سلسلہ شروع ہو جاتا اور وہ تیز تیز قدم اُٹھانے لگتے۔ قریب ہی اُن کی کرانے کی بڑی سی دکان تھی، جس پر گاہکوں کا ہمیشہ رش رہتا تھا۔

''یہ انڈہ کھالو۔۔۔'' اُن کے سامنے پورے حفاظتی ڈریس میں ملبوس نرس کھڑی تھی اور انڈے کی پلیٹ اُن کے بیڈ پر رکھ دی گئی تھی۔ اُنھوں نے نرس کی طرف دیکھا تو وہ بولی، ''اس کے بعد یہ گولیاں کھالینا۔ دستانہ پہنے ہوئے ہاتھ سے گولیاں اُن کی ہتھیلی پر گریں اور دوسرے ہی لمحے نرس اگلے بیڈ کی طرف بڑھ گئی۔

اب دن بھر کوئی نہیں آئے گا اور میرے کان انسانی آواز سننے کے لیے ترس جائیں گے۔ اُنھوں نے اپنے آپ سے کہا تھا اور طنزیہ نظروں سے پلیٹ کی طرف دیکھا تھا۔

ملک میں کورونا کی وبا تیزی سے پھیل رہی تھی۔ حکومت نے گھروں میں رہنے کی تاکید کی تھی۔ ابتداء میں لوگوں نے اس پر کوئی توجہ نہیں دی تھی۔ بازار اور سڑکوں پر وہی رش تھا لیکن جب لوگ مرنے لگے اور حکومت نے مکمل لاک ڈاؤن لاگو کر دیا۔ سارے کاروبار بند ہو گئے۔ ٹرینوں کی آمد و رفت رُک گئی۔ بسیں اپنے اپنے ڈپوز میں جمع ہو گئیں۔ آٹو اور کرائے پر چلنے والی کاریں بند ہو گئیں۔ کارخانوں کی چمنیوں سے نکلنے والا دھواں نظروں سے اوجھل ہو گیا۔ مزدور بے روزگار ہو گئے۔ ہاتھ گاڑیوں پر سبزی ترکاری، پھل، ضروریاتِ زندگی کا سامان اور بچوں کے کھلونے بیچنے والے گھروں میں قید ہو گئے تو بھوک محنت کے ہاتھوں سے بھیک پر اُتر آئی۔ فاقوں سے لوگ تڑپنے لگے تو ایسے میں مخیر حضرات بشکل حاتم طائی کے سامنے آئے، جنھیں سات سوالوں کے بجائے ایک ہی سوال حل کرنا تھا، یعنی زندہ رہنے کے اسباب تھیلوں میں بھر کر غریب اور مفلس افراد کے گھروں تک پہنچانا تھا۔ وہ بھی ایسے حالات میں جبکہ موت اُن سے تین گز کے فاصلے پر جال لیے کھڑی تھی۔ سڑکوں پر پولیس گشت کر رہی تھی اور جو بھی اشیائے ضروریہ کی خاطر باہر نکلتا اُس کی کمر اور پنڈلیوں پر پولیس کے ڈنڈے برسنے لگے تھے۔ اخبارات، ریڈیو، ٹیلی وژن کے چینلوں اور سوشیل میڈیا پر اس وباء کی بھیانک اطلائیں تیزی سے گردش کر رہی تھیں۔ حتیٰ کہ موبائیل پر نمبر ڈائل کرتے ہی کورونا مرض کی شدت اور اُس کی احتیاطی تدابیر پہلے سننے کو ملتی تھی۔ پورے ملک پر ایک خوف مسلط ہو گیا تھا۔ زندگی معطل ہو گئی تھی اور موت کے پنجے دراز ہو گئے تھے۔ ان ایام میں منیر الدین اور اُن کے بیٹے بھی غریب رشتہ داروں اور بے بس افراد کی مدد کے لیے پیش پیش تھے۔ وہ محلّہ محلّہ ضروریاتِ زندگی کا سامان پہنچا رہے تھے۔

اسپتال کی رات پر خوف کے بادل چھائے ہوئے تھے۔ منیر الدین جب بھی آنکھیں بند کرتے قبرستان کا اندھیرا اُن کی آنکھوں میں در آتا اور وہ گھبرا کر آنکھیں کھول دیتے۔ اُن کے دماغ میں توبہ و استغفار کا ورد شروع ہو جاتا۔ کبھی وہ اُٹھ بیٹھتے، کبھی اُن کا دل ٹہلنے کو کرتا۔ اُنھوں نے سامنے نظریں دوڑائیں، وارڈ میں نئے مریضوں کی بھی حالت وہی تھی جو منیر الدین کی تھی لیکن کسی میں ہمت نہیں تھی کہ ایک دوسرے کے قریب جاتے یا آپس میں گفتگو کرتے۔ سبھی ڈرے سہمے لیٹے ہوئے تھے۔ اچانک کچھ مریضوں نے بیڈ پر ہاتھ پیر پٹخنا شروع کر دیا۔ اُن کے منہ سے عجیب سی آوازیں نکلنا شروع ہو گئیں، گویا کوئی جانور کو ذبحہ کر رہا ہو، اور اسپتال کا سناٹا بے حد ڈراؤنا ہو گیا۔ منیر الدین نے جو یہ منظر دیکھا تو اول تو وہ بھی گھبرا گئے لیکن پھر فوراً وارڈ سے باہر نکلے اور جیسے ہی کوری ڈور میں اُن کی نظر نرس پر پڑی اُنھوں نے گھبرائی ہوئی آواز میں بنا سانس لیے مریضوں کی کیفیت بیان کر دی۔ نرس نے نہایت اطمینان سے گردن ہلائی جیسے اُس کے لیے یہ روز کا معمول تھا۔ وہ ڈاکٹر کو بلانے کے لیے چل پڑی اور وہ وارڈ میں واپس آ گئے۔

تمام مریضوں پر گھبراہٹ طاری تھی لیکن وہ خوف زدہ نظروں سے تڑپتے ہوئے مریضوں کو دیکھ رہے تھے ۔ وارڈ پر موت کا سایہ اُتر چکا تھا۔ کچھ ہی لمحوں میں ڈاکٹر اور اُن کا ماتحت عملہ آ چکا تھا اسٹریچر پہنچ گئے تھے اور اُن تڑپتے ہوئے مریضوں کو آئی سی یو وارڈ میں منتقل کرنا شروع ہو چکا تھا۔

رات پل پل گزر رہی تھی ۔ سارے ہی مریضوں کی نیندیں اُڑ چکی تھی ۔ سبھی اپنے اپنے عقیدوں کے مطابق دل ہی دل میں دعائیں مانگ رہے تھے ۔ وارڈ پر مکمل سناٹا چھایا ہوا تھا۔ دیوار پر آویزاں گھڑی ٹک ٹک ٹک کی آوازوں میں اپنا سفر طئے کر رہی تھی اور اُس کے نیچے دیوار پر سر کے بل چپکی ہوئی چھپکلی منہ پھاڑے اپنے شکار کی منتظر تھی کہ کب وہ غافل ہوتا ہے اور وہ اُس پر جھپٹتی ہے ۔ کھڑکیوں کے باہر اندھیرا پھیلا ہوا تھا۔ دور کھڑا ہوا لیمپ پوسٹ کسی عذاب الٰہی کے عتاب سے ردکی ہوئی دعا کے مانند سر جھکائے چپ چاپ کھڑا تھا۔ دور کہیں کسی پیڑ کی ڈالی پر بیٹھا اُلو وو ووکی تکرار سے ماحول کو اور بھی ڈراؤنا بنا رہا تھا۔ رات کاٹے نہ کٹتی تھی ۔ اچانک اسٹریچر کی آواز نے وارڈ میں لیٹے ہوئے مریضوں میں گھبراہٹ سی پیدا کر دی ۔ وارڈ بوائے اُسے ڈھکیلتے ہوئے اندر کی جانب لا رہے تھے ۔ جوں جوں وہ قریب ہوتے جا رہے تھے مریضوں کے دل کی دھڑکنیں تیز ہوتی جا رہی تھیں اور آخر اُنھوں نے دیکھا پلاسٹک میں لپٹی ہوئی لاش کو اُنھوں نے ایک خالی بیڈ پر ڈال دیا اور پھر اسٹریچر کو ڈھکیلتے ہوئے جس طرح آئے تھے واپس ہو گئے تھے۔

سارے ہی مریض اپنے اپنے بیڈ پر دم سادھے اُٹھ کر بیٹھ گئے تھے اور یاد کرنے کی کوشش کر رہے تھے کہ مرنے والا کون تھا۔ لیکن اُن میں اتنی ہمت بھی نہیں تھی کہ اُس کے بارے میں کوئی بات ہی کرتے ۔ بس ایک اُداس خاموشی چھائی ہوئی تھی ۔ ٹھیک اُسی وقت قریب کی مسجد سے فجر کی اذان کی آواز اُبھری اور منیر الدین کو اپنا ٹائیگر یاد آ گیا جو ہر روز فجر کی اذان سے کچھ پہلے زور زور سے بھونکتا تھا اور اُنھیں اُس پر غصہ آتا تھا کہ کم بخت صبح کی اذان سے پہلے اپنی آواز سناتا ہے ۔ وہ باہر نکل کر اُسے ڈانٹتے تھے لیکن آج وہ خود ازان کے بعد اُس کی آواز کو یاد کر رہے تھے ۔ اُنھیں سمجھ میں آ گیا تھا کہ وہ بھونک بھونک کر اُنھیں نماز کے لیے بیدار کرتا تھا ۔ بے اختیار اُن کی نفرت محبت میں تبدیل ہو گئی تھی اور اُن کا دل چاہ رہا تھا کہ کاش وہ اس وقت اُن کے سامنے ہوتا تو وہ اُسے اپنے سینے سے لپٹا کر خوب خوب پیار کرتے ۔۔۔ اذان ہو چکی تھی لیکن مسجد کے دروازے اُن پر بند تھے ۔ ساری عمر با جماعت نمازیں پڑھنے والا اپنی عمر کے آخری پڑاؤ میں جبکہ موت تین گز کے فاصلے پر ہو، وہ بارگاہِ الٰہی میں معافی مانگنے کے لیے بھی نہیں آ سکتا، ایسا اُصول تو کسی جابر بادشاہ کے دربار کا بھی نہیں تھا۔ اُنھوں نے اپنے دل ہی دل میں کہا، تب کسی نے اُن کے کان میں کہا، تمہاری مسجدیں تو مانند موبائیل ہیں جو تمہاری عبادتیں اور دعائیں اُس تک پہنچاتی ہیں، ہوش کے ناخن لو اب تو خانہ کعبہ اور مسجد نبوی کے دروازے بھی تم پر بند ہیں۔ بے اختیار اُن کی آنکھوں میں آنسوں رو لنے لگے، وہ پھوٹ پھوٹ کر رونا چاہتے تھے لیکن رو نہ سکے۔ شاید یہ بھی اُسی کی مرضی تھی۔

نماز سے فراغت پا کر بھی وہ اُداس تھے ۔ ذہن ایسے ہی بے شمار سوالوں میں اُلجھا ہوا تھا۔ اُنھوں نے اپنے سامنے دیکھا ،کوئی رام نام جپ رہا تھا، کوئی اپنے سینے پر اُنگلی سے صلیب کا نشان بنا رہا تھا لیکن اطمینان کسی کے چہرے پر دکھائی نہیں دیتا تھا۔ اُنھوں نے پھر ایک بار اپنی گردن گھٹنوں میں ڈال دی، اور اُن کی آنکھیں اُن کے اپنے گھر میں کُھل گئیں۔ کیسا محبتوں سے بھرا ہوا گھر تھا۔

'' بابا جان ناشتہ تیار ہے۔'' بڑی بہو نے اطلاع دی، '' آج مسجد ہی میں آپ کو دیر ہو گئی۔''

'' ہاں ۔۔۔'' پیٹھ پر سے پوتے کو نیچے اُتارتے

ہوئے اُنھوں نے کہا،'' چلیں۔۔۔''

کچن میں ڈائننگ ٹیبل پر چھوٹی بہو رکابیاں لگا رہی تھیں اور دونوں بیٹے اور پوتیاں اُن کے منتظر تھے۔ وہ جیسے ہی کرسی پر بیٹھے اور پہلا لقمہ منہ میں ڈالا، اُن کی نظر کمان سے ہوتی ہوئی ورانڈے کے نیچے کھڑے ہوئے ٹائیگر پر پڑی۔ اُن کے چہرے کے تاثرات بدل گئے اور اُنھوں نے بڑے بیٹے کی طرف دیکھا،'' کتنی بار کہا ہے کہ اُسے باندھ کر رکھا کرو، لیکن تم کو یاد ہی نہیں رہتا۔ ''

'' جی۔۔۔'' اس سے زیادہ وہ کچھ نہ کہہ سکا۔

ٹائیگر للچائی نظروں سے سب کی طرف دیکھ رہا تھا، لیکن کس میں ہمت تھی جو اس کی طرف ایک بڈی ہی اُچھال دیتا۔ سب کھانے میں مگن تھے ۔ بڑی بہو نے کوفتوں کی پلیٹ اُنکی طرف بڑھائی اور چھوٹے بیٹے نے دال کا کٹورہ جونہی اپنی طرف کھینچا، ہاتھ ٹکرا گئے اور ایک کوفتہ ٹیبل پر گر گیا۔ اُنھوں نے اُسے اُٹھایا اور ٹائیگر کی جانب اُچھال دیا۔ ٹائیگر نے اُچک کر اُسے منہ میں جھیل لیا اور نہایت ممنونیت بھری نظروں سے منیر الدین کی طرف دیکھا،'' باباجان آج آپ نے۔۔۔۔۔'' بڑا بیٹا اپنا جملہ مکمل نہ کر سکا۔ یہ واقعی پہلا اتفاق تھا کہ اُنھوں نے کوئی چیز اپنے ہاتھوں سے ٹائیگر کی طرف اُچھالی تھی۔ اُن کے چہرے پر مسکراہٹ دوڑ گئی اور ٹائیگر اُسے منہ میں سنبھالے گیٹ کی طرف چلا گیا تھا۔

ہم سب ایک دوسرے کا کتنا خیال رکھتے تھے۔ کھانا سب ملکر ایک ساتھ ہی کھاتے تھے۔ اکثر ڈائننگ ٹیبل پر ہی کاروباری، نجی گفتگو بھی ہو جاتی۔ مختلف مسلے مسائل بھی حل ہو جاتے۔ سب ہی ایک دوسرے کے جذبات کا خیال رکھتے تھے۔ ایک بار میرا ایکسیڈنٹ ہو گیا تھا تو سب بے حد پریشان ہو گئے تھے۔ میرے دونوں بیٹوں نے ہی مجھے اسپتال میں پہنچایا تھا۔ تب میری خیریت دریافت کرنے کے لیے سارا خاندان ہی پہنچ گیا تھا اور میرے بیٹوں نے میری اس قدر خدمت کی تھی کہ گھر کا راستہ ہی بھول گئے تھے، لیکن اس بار بیماری کا علم ہوتے ہی سب کس تیزی سے مجھ سے دور بھاگ گئے تھے اور مجھے اسپتال ایمبولینس گاڑی اس طرح لے کر آئی تھی جیسے کسی عادی گناہ گار کو پولیس اپنی گاڑی میں لاد کر لے جاتی ہے۔ منیر الدین کی آنکھوں میں اچانک وہ سارا منظر بھی اُبھر آیا اُنھیں گھبراہٹ سی ہونے لگی تھی اور اُنھوں نے گھٹنوں سے اپنی گردن اوپر اُٹھالی۔

'' اس لاش کے انتم کریا کرم کے واسطے تم دیکھنا اس کا کوئی وارث نہیں آئے گا ۔'' دیوار سے ٹیک لگائے سب کی آنکھوں میں دیکھتے ہوئے ایک مریض نے کہا۔ اُس کی آواز گہرے دکھ میں ڈوبی ہوئی تھی۔

سب نے سامنے کے بیڈ پر پڑی ہوئی لاش کی طرف دیکھا۔

'' ایسا نہیں ہے۔ میں ایک ہفتے سے اسی دواخانے میں ہوں۔ کبھی کبھی آتے بھی ہیں۔''

منیر الدین پوری توجہ کے ساتھ اُن کی باتیں سن رہے تھے۔

سامنے کے مریض نے چھت کی طرف گھورتے ہوئے کہنا شروع کیا،'' وہ بھی کیا کریں گے۔۔۔'' اُس نے منیر الدین کی طرف دیکھا،'' ادھر آنے کا مطلب موت کو گلے لگانا ہی تو ہے۔''

'' اور کیا۔۔۔'' ایک آواز اُبھری،'' یہ اُس وقت کی بات ہے جب میں پازیٹیو نہیں ہوا تھا۔ ہمارے محلے میں ایک ماں نے بیٹے کو باپ کے مردے کو گھر میں لانے سے منع کر دیا تھا۔۔۔''

اُس نے ایک سرد آہ بھری،'' اب کا ہے کی نماز جنازہ اور۔۔۔''

وہ ایک دم خاموش ہو گیا اور اُس کی گردن جھک گئی۔ بس اُس کے آنسو گر رہے تھے۔

منیر الدین نے پھر ایک بار اپنی گردن کو گھٹنوں میں ڈال دیا تھا۔اے اللہ یہ کیسی نفسا نفسی کے دن تو دکھا رہا ہے۔کوئی کسی کا پُرسان حال نہیں ہے۔کیا دنیا سے ہمدردی، خلوص اور محبت کے جذبے ختم ہو گئے؟ لوگ تو پہلے بھی بیمار ہوتے تھے۔مرتے بھی تھے۔مگر غم بانٹنے بھی جاتے تھے۔اب تو ایسا محسوس ہوتا ہے گویا ہر دن حشر کا دن ہے۔

پتہ نہیں وہ کب تک اور کیا کیا سوچتے رہے۔

سارے ملک میں وباء کا زور بڑھتا ہی جا رہا تھا۔ حکومت بار بار لاک ڈاؤن پر عمل کروا رہی تھی۔بھوک، بے روزگاری اور بے وطنی ایک مسلہ بنی ہوئی تھی۔اسکول کالجس بند کر دیئے گئے تھے۔چاروں طرف وہی خوف اور بے بسی کا عالم تھا۔

منیر الدین خاموش تماشائی ہو کر رہ گئے تھے۔اُن کا موبائیل بھی اُنھیں بس حسرت سے ہی تکا کرتا تھا۔کئی دنوں سے اُنھوں نے اُس کا استعمال بھی چھوڑ دیا تھا۔اسپتال کے روز و شب ایسے ہی گزر رہے تھے۔ہر دن نئے نئے مریض داخل ہوتے۔اکثر مریضوں کی حالت نازک ہو جاتی۔اُنھیں آئی سی یو میں داخل کیا جاتا۔اُن میں کچھ شفایاب ہو جاتے اور کچھ موت کے حوالے ہو جاتے۔کبھی ورثا آ جاتے اور کبھی لاشوں کو اسپتال کے افراد ہی ٹھکانے لگا دیتے۔بقیہ مریضوں کے ٹیسٹ بھی جاری تھے۔جن کی رپورٹ نگیٹیو آ جاتی وہ خوشی خوشی اپنے اپنے گھروں کو لوٹ جاتے تھے۔

منیر الدین حسب معمول اپنے بیڈ پر لیٹے ہوئے تھے۔وارڈ میں کچھ نئے مریض داخل کیے گئے تھے۔اُن کے چہروں پر خوف اور مایوسی صاف دکھائی دے رہی تھی۔اُنھوں نے اُن کی طرف سے اپنی نظریں پھیر لی تھی اور جونہی دیوار کی طرف دیکھا، دیوار گھڑی بند ہو گئی تھی۔اُنھوں نے اُس چھپکلی کو تلاش کرنا شروع کیا لیکن اُس کا کہیں پتہ نہ تھا۔کیا وہ بھی گھڑی کی ٹک ٹک کے ساتھ ہی اپنا شکار کرتی تھی؟ اُنھوں نے اپنی آنکھیں، سامنے کیں تو ایک ڈاکٹر اور دو نرسیں وارڈ میں داخل ہوئے۔اُنھوں نے وہاں پر موجود مریضوں کی طرف نظریں دوڑائیں کہ یہ اب کس کے لیے آئے ہیں لیکن ڈاکٹر کا رخ اُن کی طرف ہی تھا، وہ سب تیز تیز قدموں سے چلتے ہوئے اُن ہی کی طرف آ رہے تھے۔ وہ اُٹھ کر بیٹھ گئے۔ڈاکٹر نے قریب پہنچ کر اپنا دستانے والا ہاتھ اُن کے کندھے پر رکھا،'' مسٹر منیر الدین تمہارے کل کے ٹیسٹ کی رپورٹ آ گئی ہے۔اُنھوں نے ڈاکٹر کی طرف اطمینان بھری نظروں سے دیکھا،'' ڈاکٹر اب مجھے کسی رپورٹ سے ڈر نہیں لگتا، میں جان گیا ہوں مجھے یہاں سے کہاں جانا ہے۔''

''اوہ نو۔۔۔ مبارک ہو۔تمہاری رپورٹ نگیٹیو آ گئی ہے۔یہ رہا تمہارا سرٹیفکٹ۔اب تم اپنے گھر جا سکتے ہو۔''

اپنے سرٹیفکٹ کو ہاتھوں میں تھامے وہ ڈاکٹر کو حیرت سے دیکھ رہے تھے۔اُن پر سکتے کی سی کیفیت طاری تھی۔ڈاکٹر نے اُن سے کیا کچھ کہا، اُنھوں نے سنا ہی نہیں تھا۔ایک دم اُن کو اپنے بچوں کا خیال آیا، اُن کی پازیٹیو رپورٹ آنے کے بعد تو اُنھوں نے اُن کے بارے میں سوچا ہی نہیں تھا کہ اُن کا بھی تو ٹیسٹ کیا گیا ہوگا؟ کیا پتہ اُن کی رپورٹ کیسی آئی ہوگی؟ وہ بھی کسی اسپتال میں بھرتی کیے گئے یا پھر۔۔۔۔وہ سر سے پیر تک کانپ گئے تھے۔شاید اسی لیے اُن کی کوئی کال مجھ تک نہیں پہنچی تھی۔اُنھوں نے موبائیل کو آن کیا، لیکن اُن کا نمبر ڈائل کرنے کی ہمت نہیں ہوئی۔اُنھوں نے موبائیل کو اپنے جیب میں رکھ لیا، کھڑکی سے باہر جھانکا، دور ایک درخت کے نیچے ایک کتا بیٹھا ہوا تھا۔وہ بے دلی کے ساتھ وارڈ سے باہر نکل گئے۔

☆☆

افسانہ

مشتاق احمد وانی

وہ قُربتیں یہ دُوریاں (کروناوائرس پہ کہانی)

ڈاکٹر افضل حیات ایک ایسے ملک کا باشندہ تھا جہاں کی نوے فی صدی آبادی ناستک قسم کی ذہنیت کے ساتھ خدائی ضابطوں کے خلاف زندگی گزارتی تھی ۔اُس ملک کا آئین مادیت پرستی ،دُنیاوی عیش وآرام اور سائنسی وتکنیکی ترقی کی اساس پر مبنی تھا ۔وہ لوگ رُوحانیت کوانسانی واہمہ اور مضحکہ خیز تصور کرتے تھے۔وہ اس کائناتی نظام کوایک خودکار مشین خیال کرتے تھے۔اُن کے ہاں حرام وحلال کی اہمیت وتفریق کوئی معنی نہیں رکھتی تھی ۔اسی لیے وہ کُتے ، لومڑی، بندر ،لنگور ،گلہری ، چمگادڑ ،اُلو ،کوا ،چوہے،سانپ ،بچھو ،مینڈک اور چھپکلی کے علاوہ اُن تمام حشرات الارض کا گوشت کھانے میں لذت محسوس کرتے تھے جن کا نام سُنتے ہی ایک مُتقی وپرہیزگار آدمی کو متلی آنے لگتی ہے۔

ڈاکٹر افضل حیات میڈیکل سائنس میں اُس ملک کے قابل ترین ڈاکٹروں میں شمار ہوتے تھے۔اُن کی بیوی بُشریٰ خانم بھی ماہرِ امراض نسواں کے طور پر کافی مشہور تھی ۔ بیٹے کی چاہت میں اُن کے ہاں تین بیٹاں پیدا ہونے کے بعد ایک خوب صورت سا بچہ پیدا ہوا تھا۔اُن کی تینوں کم سن بیٹیاں اپنے دادا دادی کے ساتھ بڑے لاڈ پیار سے کافی خوش نظر آتی تھیں ۔ڈاکٹر افضل حیات کے گھر کا ماحول بڑا دیندارانہ تھا۔وہ خود تو حافظِ قرآن اور صوم وصلوٰۃ کے پابند تھے ہی لیکن اُن کی اہلیہ ڈاکٹر بشریٰ خانم بھی بڑی نیک سیرت اور نقاب پوش خاتون تھی۔وہ اپنی بچیوں کو دُنیاوی تعلیم کے ساتھ دینی تعلیم بھی دلا رہے تھے۔اُن کے گھر میں روپے کی کوئی بھی کمی نہ تھی ۔اُن کا زیادہ تر روپیہ صدقہ وخیرات اور عشر وذکواۃ کے علاوہ یتیم ہاوس کو جاتا تھا۔اس روپے کو وہ اپنا اصلی بینک بیلینس سمجھتے تھے۔دونوں میاں ،بیوی اپنے ڈاکٹری پیشے کو عبادت سمجھتے تھے ۔اُن کی ہر سانس میں اللہ کا ذکر اور ذہن ودل میں آخرت کی فکر رہتی تھی ۔زندگی کے بہت سے خوب صورت موسم وہ دیکھ چکے تھے ۔کسی کی زندگی خدائی ضابطوں کے مطابق گزرنے لگے تو وہ خوش نصیب ہوتا ہے اور سکون تو دلوں میں رہتا ہے۔ چیزوں ،عہدوں اور نمود ونمائش کے ساتھ تو سکون کا کوئی بھی تعلق نہیں ہوتا ہے ۔دل کا پنچھی اگر اُداس بیٹھا ہو تو بھلا یہ مال ومتاع اور جاہ وجلال کس کام کا۔

ڈاکٹر افضل حیات اور اُن کے اہل خانہ ایک پُرسکون ،باوقار اور مومنانہ صفات کے ساتھ زندگی جی رہے تھے کہ ایک روز اچانک یہ تشویشناک اور مایوس کن خبر نہ صرف اُس پورے ملک میں بلکہ عالمی سطح پر ہوا کی طرح گردش کر گئی کہ ڈاکٹر افضل حیات کے شہر میں ایک وبائی مرض کروناوائرس کے نام سے پھیل رہی ہے جو آدمی کے گلے میں درد ، بخار،کھانسی ،زکام جیسی علامات کی صورت میں اپنے مہلک اثرات چھوڑتی ہے ۔اسپتال یا طبی مرکز پہنچنے تک مریض کے پھیپھڑے چھلنی ہو چکے ہوتے ہیں اور اس طرح وہ چند دنوں میں موت کی آغوش میں پہنچ جاتا ہے ۔ چند دنوں میں جب اُس ملک میں وبائی مرض میں مبتلا لوگوں کی تعداد سینکڑوں میں پہنچ گئی تو وہاں کی حکومت ایک طرح کی بحرانی کیفیت کا شکار ہوگئی ۔ایک ایسی لاعلاج بیماری کہ جس نے وہاں کی انسانی آبادی پہ قہر برپا کردیا۔تمام ڈاکٹر ،وہاں کی انتظامیہ اور حکومتی عملہ جب انتہائی تشویشناک صورتحال سے گزرنے لگا تو وہاں کی حکومت نے عدلیہ سے یہ مانگ کی کہ وہ کروناوائرس سے متاثرین افراد کو گولی مار کر

ہلاک کرنے کی اجازت دے تاکہ اس مہلک مرض کی روک تھام ہو سکے ۔ٹیلی ویژن ،موبائل فون ،انٹرنیٹ اور دوسرے ترسیلی ذرائع سے عوام کو اس مہلک بیماری سے بچنے کے لیے یہ ہدایات جاری کی گئیں کہ اس مہلک بیماری سے بچنے کا واحد ذریعہ یہ ہے کہ ہر شخص گوشۂ تنہائی اختیار کرے ،کسی سے بھی ہاتھ نہ ملائے ،بھیڑ بھاڑ سے دُور رہے ،اپنے ناک اور مُنہ پہ ماسک لگائے ،بار بار صابن سے ہاتھ دھوئے اور دوائی کی دُکان سے سینیٹائزر نام کی رقیق مادے سے بھری بوتل گھر میں رکھے اُسے اپنے ہاتھوں پہ ملے ۔تمام اسکول ،کالج ،یونیورسٹیاں اور پیشہ ورانہ ادارے بند کر دیے گئے ۔بشریٰ خانم بڑی ہمت وحوصلے والی خاتون تھی لیکن اس کے باوجود اُس نے اپنے شوہرِ محترم سے کہا

''میری بات پہ دھیان دیجیے !کرونا وائرس جیسی مہلک بیماری کی آمد سے مجھے اپنے گھر خاندان کی طرف موت کے سائے بڑھتے ہوئے نظر آ رہے ہیں !میری یہ رائے ہے کہ ہم اس ملک سے کسی دُوسرے ملک کی طرف کوچ کر جائیں تاکہ ہم سب بصحت وسلامت رہ سکیں''

ڈاکٹر افضل حیات نے کہا

''بشریٰ !......میری جان !ہم اللہ والے ہیں ۔گھبرانے والی کوئی بات نہیں ۔اللہ والوں کا اللہ محافظ ہوتا ہے ۔بے شک اللہ صبر کرنے والوں کے ساتھ ہوتا ہے اور کیا تُم نے اللہ کے پیارے نبی ﷺ کا یہ پاک ارشاد نہیں سُنا ہے کہ جس جگہ طاعون یا کوئی بھی وبائی مرض پھیلے وہاں کے لوگ وہاں سے نہ بھاگیں اور دوسری جگہ والے وہاں کا سفر نہ کریں''

بشریٰ خانم بولی

''لیکن پھر بھی احتیاطی تدابیر کرنا ضروری ہے ۔میرا بھی اس بات پہ کامل یقین ہے کہ زندگی اور موت کے احکامات اللہ کی طرف سے آتے ہیں ۔میں پہلی فرصت میں اپنے تمام گھر کے افراد کا صدقہ نکال لیتی ہوں''

ڈاکٹر افضل حیات نے کہا

''ہاں یہ نیک کام ہے کیونکہ صدقہ بیماریوں اور زمین وآسمان کی آفات وبلیات کو کھا جاتا ہے ۔مزید یہ کہ ہمیں بار بار صابن سے ہاتھ دھونے چاہئیں ۔ایک دوسرے سے ہاتھ نہیں ملانا چاہیے''

ڈاکٹر افضل حیات کی چھوٹی چھوٹی بچّیاں اپنے دادا ،دادی کی گود میں ہنستی کھیلتی رہتی تھیں لیکن جب سے اُن بچّیوں کے ذہن ودل میں کرونا وائرس کا نام بیٹھ گیا تھا تب سے وہ اپنے دادا ،دادی سے دُور دُور رہنے لگی تھیں ۔دادا ،دادی ترستے تھے کہ وہ اُن کے پاس آئیں ،اُن کی گود میں بیٹھیں مگر یہ سب کچھ خواب وخیال کی باتیں ہوکر رہ گئی تھیں ۔گھروں میں ،بازاروں میں ،چوک چوراہوں میں ،ریلوے اسٹیشنوں ،ہوائی اڈوں یہاں تک کہ مذہبی مقامات میں ہر جگہ لگتا تھا کہ جیسے کرونا وائرس کی صورت میں موت رقص کر رہی ہو ۔تمام تفریح گاہیں ،شراب اور عیاشی کے اڈاے ویران ہو چکے تھے ۔ہر شخص کے چہرے سے افسردگی ،مژمردگی اور خوفزدگی کے آثار نظر آ رہے تھے ۔زندگی کے سارے رنگ وروپ مٹتے جا رہے تھے لیکن اس سب کے باوجود ڈاکٹر افضل حیات کے چہرے پر تشویش کے آثار نظر نہیں آ رہے تھے ۔اُن کے چہرے کی بشاشت اور نُورانیت یہ ظاہر کر رہی تھی کہ وہ اللہ والے ہیں ،اس لیے اللہ ہی اُن کا محافظ ہے ۔اُنھوں نے اس قدرتی وبا سے بچنے کے لیے کلام پاک کی مخصوص سورتوں اور دُعاؤں کا ورد شروع کر دیا تھا ۔وہ رات کو تہجد میں رو رو کے اللہ سے کُل عالم میں بسنے والے لوگوں کے لیے اس مہلک بیماری سے محفوظ رہنے کی دُعا مانگتے ۔ایک روز وہ ناشتہ کرنے کے بعد باہر لان میں بیٹھے سورۂ یٰسین کی تلاوت کر رہے تھے کہ اُن کے گیٹ پہ کسی نے دستک دی ۔وہ اُٹھے اُنھوں نے اپنی بڑی بیٹی کو باہر بلا کر اُسے قرآن پاک اندر رکھنے کو

کہااور گیٹ پر آ گئے ،گیٹ کھولا تو اُن کے دو ہم پیشہ ساتھی ڈاکٹر ہربنس لال اور ڈاکٹر بکرم سنگھ باہر مُنہ پہ کالے ماسک پہنے کھڑے تھے۔ڈاکٹر افضل حیات نے اُنھیں دیکھتے ہی متعجب انداز میں کہا

''ارے تُم !...... یار آج یہاں کیسے؟''

ڈاکٹر افضل حیات نے اُن کے ساتھ باری باری ہاتھ ملانا چاہا تو اُن دونوں نے ہاتھ ملانے سے انکار کردیا۔بس دُور سے ہی اُنھوں نے ہاتھ جوڑ لیے۔ڈاکٹر ہربنس لال نے کہا

''میرے دوست! ہاتھ ملانے کے دن گئے'' کرونا'' آ گیا ہے!''

ڈاکٹر افضل حیات نے اُن دونوں کولان میں کرسیوں پر بیٹھنے کو کہا اور پھر بڑے متفکر لہجے میں اُن سے مخاطب ہوئے۔کہنے لگے

''میرے دوستو! دراصل کرونا وائرس دُنیا والوں پہ عذابِ الٰہی ہے۔اس لیے کہ دُنیا میں بُرے کام کھلے عام ہورہے ہیں۔زنا عام ہے،شراب عام ،رشوت عام ہے،جھوٹ عام اور ظلم وحق تلفی عام ہے غرضیکہ اللہ کی نافرمانی کھلے عام ہورہی ہے۔یہ سب اللہ کی نافرمانی کے نتیجے میں دُنیا والوں پر کرونا وائرس کی صورت میں عذاب اُترا ہے''

ڈاکٹر بکرم سنگھ نے ڈاکٹر افضل حیات کی باتوں کی تائید کرتے ہوئے کہا

''یار! دُنیا کے تمام دھرم و مذاہب میں بُرائی کی شدید مذمت آئی ہے اور اچھے کام کرنے کی تلقین کی گئی ہے لیکن آج کل ہر جگہ بُرائی کا بول بالا ہے۔اب عذاب نہ اُترے تو اور کیا اُترے''

ڈاکٹر ہربنس لال نے کہا

''کرونا وائرس سے بچنے کے لیے ہر شخص دن میں بیسیوں بار ہاتھ دھوتا ہے اور مُنہ کو ماسک سے ڈھانپ کے رکھتا ہے۔کسی سے ہاتھ نہیں ملا پا رہا ہے ۔لگتا ہے تمام رشتے ناتے ،اپنے پرایوں سے تعلقات منقطع ہو چکے ہیں۔نہ ہم شادی میں مل سکتے ہیں اور نہ غمی میں !ایک عجیب قسم کی تشویشناک صورتحال سے ہم گزر رہے ہیں۔اُف آخر کیا ہوگا؟''

ڈاکٹر افضل حیات نے کہا

''دوستو! مجھے تو یوں لگتا ہے کہ اکیسویں صدی کے آدمی نے اپنے ہاتھوں سے جائز کم اور ناجائز کام زیادہ کیے ہیں۔زبان سے جھوٹ بولا ہے اور بے حیائی کی باتیں کی ہیں۔آدمی نے وہ کام کیے ہیں جو اللہ کو ناپسند ہیں۔اس لیے اللہ نے اُس کے ہاتھوں اور زبان پہ روک لگادی ہے''

وہ تینوں کرونا وائرس پر محوِ گفتگو تھے کہ اتنے میں ڈاکٹر افضل حیات کا خادم چائے پانی لے کر اندر سے باہر آ گیا۔اُس نے ڈاکٹر ہربنس لال اور بکرم سنگھ کے سامنے میز پر بسکٹ اور چائے رکھی لیکن اُنھوں نے چائے پینے سے صاف انکار کردیا۔ڈاکٹر افضل حیات کے بار بار اصرار کرنے پر بھی اُنھوں نے چائے نہیں پی۔بکرم سنگھ نے کہا

''یار افضل! ہم آپ کے پاس اس لیے آئے ہیں کہ حکومت نے کرونا وائرس سے متاثرہ مریضوں کی طبی امداد کے لیے ماہر ڈاکٹروں کی ایک ٹیم تشکیل دی ہے،اُس میں آپ کا بھی نام ہے۔یہ ٹیم پورے دو ہفتے تک ملک کے مختلف حصوں میں کرونا وائرس کے مریضوں پر کام کرے گی تاکہ اس مہلک بیماری کی روک تھام ہو سکے''

افضل حیات نے کہا

''میں انشااللہ اس نیک کام کے لیے تیار ہوں لیکن دوستو! یہ بات یاد رکھو کہ تاریخ اپنے آپ کو دوہراتی ہے۔جب ظلم بہت زیادہ بڑھ جاتا ہے،پاپ اپنی انتہا کو پہنچتا ہے تو تب زمین لرزتی ہے،زلزلے، طوفان آتے ہیں اور کرونا وائرس جیسی وبائیں پھیلتی ہیں۔قومِ عاد وثمود،قومِ نوحؑ ،قومِ لوطؑ پر بھی تو عذاب اُترا تھا۔فرعون،نمرود،شدّاد

اور قارون جیسے اللہ کے باغیوں اور ظالموں کا کیا حشر ہوا تھا تاریخ نے اُن عبرت آمیز واقعات کو محفوظ رکھا ہے۔ آپ ہی کہیے آج کل کے اس سوشل میڈیائی دور میں کون سی ایسی بُرائی ہے جو کھلے عام نہیں ہو رہی ہے؟''

ڈاکٹر بکرم سنگھ اور ڈاکٹر ہربنس لال، ڈاکٹر افضل حیات کی باتیں سُن کر دنگ رہ گئے۔ ڈکٹر ہربنس لال نے کہا

''یار افضل! آپ صحیح کہہ رہے ہیں''

ڈاکٹر بکرم سنگھ نے بھی افضل حیات کی باتوں کی تصدیق کی

''اچھا تو اب ہم چلتے ہیں۔ کل آٹھ بجے صبح ہم سرکاری گاڑی میں یہاں پہنچ جائیں گے۔ آپ تیار رہنا۔ آپ کو ہم یہاں سے ہی لے جائیں گے'' یہ کہتے ہوئے وہ چلے گئے۔

ڈاکٹر افضل حیات نے جب گھر میں اپنی اہلیہ بشریٰ خانم اور والدین سے اپنے کل کے پروگرام کے بارے میں بتایا تو وہ کچھ ڈر وخوف محسوس کرنے لگے۔ بچّیوں نے اُن کی ٹانگوں سے لپٹ کے رونا شروع کر دیا۔ بشریٰ خانم کی آنکھوں میں بھی ضبط کے باوجود آنسو اُمڈ آئے۔ ڈاکٹر افضل حیات پہلے ماں کے پاس گئے اور کہنے لگے

''امّاں!.....کل میں ڈاکٹروں کی ٹیم کے ساتھ جا رہا ہوں۔ آپ میری فکر نہ کیجیے۔ مجھے اللہ تعالیٰ پہ کامل بھروسہ ہے کہ میں بصحت وسلامت آپ کے پاس واپس آ جاؤں گا۔ زندگی اور موت تو اللہ کے اختیار میں ہے''

ماں کا دل تڑپ اُٹھا کہنے لگی

''میرا جی نہیں چاہتا ہے کہ تُو گھر سے باہر جائے۔ میری آنکھوں میں اندھیرا چھا جائے گا۔ تُو گھر میں ہے تو لگتا ہے سارا جہان گھر میں ہے'' یہ کہتے ہوئے وہ رو پڑی۔

ڈاکٹر افضل حیات نے ماں کو دلاسہ دیتے ہوئے کہا

''امّاں! آپ نہ روئیں۔ مجھے انشااللہ کچھ نہیں ہوگا۔ آپ مجھے اپنی نیک دُعاؤں میں یاد رکھیں'' پھر اپنے والد کے پاس گئے اور کہنے لگے

''ابّا!.....میں کل جا رہا ہوں'' وہ چونک اُٹھے، پوچھنے لگے

''بیٹا! کل کہاں جانا ہے؟''

''ابّا! اپنا فرض نبھانے۔ کرونا وائرس سے متاثرہ مریضوں کی خدمت کے لیے سرکار نے ماہر ڈاکٹروں کی ایک ٹیم تشکیل دی ہے۔ اُس میں میرا نام بھی ہے''

''بیٹا! فرض اور مرض دونوں اپنی جگہ اہم ہیں اور یہ کرونا وائرس..........! میرا دل اس مہلک بیماری کا نام سُن کر گھبرا اُٹھا ہے اور پھر تیرا اس حال میں گھر سے جانا میرے وجود میں زلزلہ سا پیدا کر گیا''

''ابّا! میں انشااللہ صحیح سلامت واپس گھر آ جاؤں گا۔ آپ پورے عالم میں بسنے والوں کی صحت وتندرستی کے لیے دُعا کیجیے۔ میں انشااللہ دو ہفتے کے بعد واپس گھر آ جاؤں گا۔ فون پہ انشااللہ باتیں ہوتی رہیں گی''

باپ نے دُعا دی

''بیٹے! اللہ تُجھے سلامت رکھے! ہم سب کو سلامت رکھے!''

دُوسرے دن آٹھ بجے صبح جب افضل حیات گھر سے رُخصت ہونے لگے تو اُنھوں نے کلام پاک اپنے ساتھ اُٹھایا۔ اُس وقت اُن کی بچّیاں سوئی ہوئی تھیں۔ بشریٰ خانم گیٹ تک آئی اور اپنے رفیقِ حیات کو کہنے لگی

''اپنا خیال رکھیے۔ نہایت احتیاط سے کام کیجیے۔ بیچ بیچ میں اپنی صحت اور حالات سے آگاہ کرتے رہیے''

اُنھوں نے بیوی کو تسلّی دیتے ہوئے کہا

''میری فکر نہ کرنا، میں اللہ پہ کامل بھروسہ رکھ کر گھر سے جا رہا ہوں

۔میں انشااللہ فون کرتا رہوں گا" یہ کہتے ہوئے وہ سرکاری گاڑی میں بیٹھ گئے۔

تین دن تک ڈاکٹر افضل حیات نے ماسک اور ڈاکٹری وردی پہن کر اپنے ساتھیوں کے ساتھ مختلف مقامات پہ کرونا وائرس کے مریضوں کی دیکھ بھال اور اُن کے علاج معالجے کا کام کیا لیکن اُس کے بعد اُنھوں نے ماسک پہننا چھوڑ دیا اور مخصوص قرآنی سورتوں اور دُعاؤں کا سہارا لے کر کام کرتے رہے ۔وہ اپنے ہاتھوں سے مریضوں کی نبض دیکھتے ،قریب جا کر اُن کے مرض کی تشخیص کرتے ۔ایک بڑے ہال میں کرونا وائرس کے مریضوں کے بیڈ لگے ہوئے تھے ۔وہ بغیر ماسک کے مسلسل اپنا فرض نبھاتے رہے ۔اُن کے ہم پیشہ ساتھیوں کے لیے اُن کا یہ عمل بڑا حیران کر دینے والا عمل ثابت ہو رہا تھا ۔ڈاکٹر افضل حیات کو دو ہفتے کام کرتے گزر گئے لیکن اس کے باوجود اُن پر جب کرونا وائرس کا کوئی بھی اثر نہیں ہوا تو یہ حیران کُن خبر اُس ملک کے پرائم منسٹر تک پہنچی ۔ڈاکٹر افضل حیات کو فوراً پرائم منسٹر ہاؤس میں بلایا گیا ۔سوشل میڈیا کے بہت سے لوگ وہاں موجود تھے ۔پرائم منسٹر صاحب اپنے تمام وزرا کے ساتھ یہ جاننے کے لیے بے تاب تھے کہ آخر ڈاکٹر افضل حیات کو کرونا وائرس کا اثر کیوں نہیں ہوا؟ پرائم منسٹر صاحب نے خود ڈاکٹر افضل حیات سے پوچھا

"ڈاکٹر افضل ! ہم سب آپ سے یہ جاننا چاہتے ہیں کہ آپ نے مسلسل دو ہفتے بغیر ماسک پہنے ڈاکٹروں کی ٹیم کے ساتھ کرونا وائرس کے مریضوں کی خدمت میں گزارے لیکن اس کے باوجود آپ پر کرونا وائرس کا کوئی بھی اثر نہیں ہوا،ہم اس بات پہ حیران ہیں !وجہ بتایئے؟"

ڈاکٹر افضل حیات نے بڑے نرم اور شائستہ لہجے میں اس طرح جواب دیا

"محترم پرائم منسٹر صاحب و دیگر معزز سامعین کرام ! آداب۔میں نے بچپن سے لے کر آج تک جھوٹ نہیں بولا ہے۔کسی غیر محرم عورت کی طرف نظر اُٹھا نہیں دیکھا ہے۔میں نے اللہ کے پاک کلام کو بار بار پڑھا ہے ،اُس پر عمل کیا ہے۔اس کرونا وائرس کے دوران اللہ کے کلام کی مخصوص سورتوں کا ورد کیا ہے۔
میری زبان پر ہر وقت اللہ کا ذکر اور آخرت کی فکر رہتی ہے۔میں نے آج تک روزہ اور پانچ وقت کی نماز نہیں چھوڑی ہے۔میں اُس سپریم طاقت کی عبادت و بندگی کرتا ہوں جو خالق کائنات ہے۔اسی لیے مجھ پہ کرونا وائرس کا کوئی بھی اثر نہیں ہوا۔اگر آپ اور پوری دُنیا کے لوگ کرونا وائرس سے بچنا چاہتے ہیں تو پھر آپ سب کو" کرونا" کی فل فارم کو سمجھنا اور اُس پر عمل کرنا ہوگا یعنی کرونا کی فل فارم یہ ہے کہ کلام پاک پڑھنا ،روزہ رکھنا ،وضو کرنا ،نماز پڑھنا ،اللہ سے جڑنا۔تمام دُنیا میں بسنے والے لوگ اگر ان باتوں پر عمل کریں گے تو ہر طرح کی وبائی بیماریوں سے بچیں گے ورنہ کرونا وائرس جائے گا تو کوئی اور وائرس آئے گا"

ڈاکٹر افضل حیات کی بصیرت افروز روحانی باتیں سُن کر سب دنگ رہ گئے۔جان بچی تو لاکھوں پائے ،سب کے چہروں سے اطمینان اور اُمید کی کرنیں پھوٹ رہی تھیں۔اُس ملک کے پرائم منسٹر نے فوراً یہ اعلان کر دیا کہ

"ہم کلام پاک کا ترجمہ اپنے ملک کی ہر ایک زبان میں کروائیں گے ،اُسے پڑھیں گے اور مساجد کو آباد کروائیں گے"

ڈاکٹر افضل حیات نے جب پرائم منسٹر کی زبانی اعلان نامہ سُنا تو اُنھیں اس بات کی بہت زیادہ خوشی ہوئی کہ کرونا وائرس کے مریضوں کی خدمت کرتے ہوئے اللہ نے آج مجھ سے بہت بڑا کام کروایا ہے۔

☆☆

افسانہ

علیم اسماعیل

خوفِ ارواح

اسے یاد ہے، وہ رات بہت بھاری ہوگئی تھی، جب وہ شہر سے اپنے گاؤں جا رہا تھا۔ رات کے گیارہ بج گئے تھے اور وہ پیدل چل رہا تھا۔ چاروں طرف تاریکی چھائی ہوئی تھی۔ اندھیرے میں جب وہ وہاں سے گزر رہا تھا نہ جانے کیسی کیسی آوازیں اس کے کانوں میں پارا بھر رہی تھیں۔ اُن آوازوں کو وہ سننا تو نہیں چاہتا تھا، پر کان اسی پر لگے ہوئے تھے۔ خود کی آوازِ پا صاف سنائی دے رہی تھی، جو اسے کھٹک رہی تھی، ناگوار معلوم ہو رہی تھی۔ دل کی دھڑکنیں ریل کے انجن کی طرح دھک دھک کر رہی تھیں۔ اس جانب وہ دیکھنا تو نہیں چاہتا تھا لیکن نہ چاہتے ہوئے بھی نظریں ترچھی ہو رہی تھیں۔ پیپل کا وہ قدیم درخت اور اس کی شاخوں سے لٹکی ہوئی لاشوں کا تصور اسے اپنی جانب کھینچ رہا تھا۔ وہ تیز قدموں سے چل رہا تھا، لیکن قدم کہیں کے کہیں پڑ رہے تھے۔ وہ بجلی کی رفتار سے گزر جانا چاہتا تھا پر قدم ساتھ نہیں دے رہے تھے۔ اسے محسوس ہو رہا تھا کوئی اس کے قدموں پر چل رہا ہو۔ اس وقت وہ تمام کہانیاں، جو اس نے اس پیپل کے درخت کے متعلق سن رکھی تھیں، ذہن میں تازہ ہوگئی تھیں۔

وہ بھلا نہیں پا رہا تھا اُن تمام واقعات کو جو ذہن پر نقش جاوداں ہو گئے تھے۔ اس وقت اسے راموو الا واقعہ یاد آ گیا تھا، جو اس کے ذہن پر ایک فلم کی طرح چل رہا تھا۔ واقعہ کچھ اس طرح تھا کہ ایک دفعہ آدھی رات کے وقت گاؤں کا ایک شخص رامو، پسینے میں شرابور، ہانپتا کانپتا، جس کی آنکھیں جھپکنا ہی بھول گئی تھیں، بھاگتے دوڑتے گاؤں میں آیا تھا۔ خوف و دہشت سے اس کے ہاتھ پاؤں ٹھنڈے ہو گئے تھے۔ دیکھتے ہی دیکھتے اس کی حالت ایسی خراب ہوئی جیسے حالت نزع میں ہو۔ گاؤں والوں نے اسی وقت اسپتال میں ایڈمٹ کیا۔ لاکھ علاج کے باوجود وہ اچھا نہ ہو سکا۔ گھبراہٹ سے اس کا منہ ایسا کھلا کہ پھر بند نہ ہوا۔ لوگ کہتے تھے کہ اس نے مرتے مرتے ٹوٹے پھوٹے الفاظ میں اپنی باتیں بتائی کہ پیپل کے درخت کے پاس اس نے بغیر سر کا آدمی دیکھا، جو اس کا پیچھا کر رہا تھا۔ یہ سن کر ہر کسی کے چہرے پر موت تانڈو کرنے لگی۔ ڈاکٹر نے بتایا تھا کہ دل کا دورہ پڑنے کی وجہ سے اس کی موت ہوئی۔

وہ ابھی راستے میں ہی تھا، گھر نہیں پہنچا تھا۔ رات کے بارہ بجنے میں کچھ وقت باقی تھا۔ وہ دعا گو تھا کہ جلد سے جلد گھر پہنچ جائے لیکن راستہ ختم ہونے کا نام ہی نہیں لے رہا تھا۔ وہ طویل النظری میں مبتلا تو نہیں تھا پھر بھی سوائے اس درخت کے، تمام چیزیں دھندلی نظر آ رہی تھیں۔

چلتے چلتے پھر اسے اپنی ماں کی کہی ہوئی ایک بات یاد آ گئی تھی۔ ماں نے اس سے کہا تھا۔ ''حادثات میں جن کی موت ہو جاتی ہیں اور جو لوگ خودکشی کر لیتے ہیں کہتے ہیں کہ ان کی ارواح اس پیپل کے درخت کے اردگرد بھٹکتی رہتی ہیں۔'' وہ جب بھی روحوں کی کہانی سنتا تھا اس کی روح کانپ جاتی تھی۔ بچپن سے ہی اسے بھوتوں سے بہت ڈر لگتا تھا۔ رامو کا واقعہ، ماں کی کہی ہوئی باتیں اور بہت سے واقعات اس کے خیالات میں گردش کرتے ہوئے چلے آئے تھے، جس کی وجہ سے اس کے خوف میں مزید اضافہ ہو گیا تھا۔

وہ آگے بڑھتا جا رہا تھا پھر ایسا لگا کہ کوئی اس کا تعاقب کر رہا ہے، جس سے بچنے کے لیے وہ دوڑنے لگا تھا۔ سینے میں ایک چبھن ہو رہی تھی۔ دم اکھڑ رہا تھا، الجھ رہا تھا، الٹ رہا تھا۔ پھر وہ ایک جگہ دم بخود کھڑا ہو گیا۔ تب ایسا لگا جیسے پلک جھپکتے ہی کوئی قوت

اسے اپنے حلقۂ آغوش میں لے لےگی۔ وہ لمبی لمبی سانسیں لینے لگا ۔پھر ساکت وصامت حالت کو توڑتے ہوئے تیزی سے سرپٹ دوڑا کہ گھر کی چوکھٹ پر ہی جا کر دم لیا۔گھر پر جب بھی رات میں پیپل کے درخت کا ذکر ہوتا وہ سبھی کے درمیان بیٹھ جاتا تھا۔

اس کا گاؤں ایک چھوٹا سا دیہات تھا۔ جہاں سے تین کلومیٹر کے فاصلے پر ایک بڑا شہر تھا۔دن میں ایک دفعہ ایک بس آتی ۔گاؤں میں چند بنیادی ضروریات کی چیزوں کے علاوہ کچھ نہیں ملتا ۔دیگر اشیا خریدنے کے لیے شہر ہی جانا پڑتا اور زیادہ تر لوگ پیدل ہی سفر کرتے ۔ گاؤں اور شہر کے درمیانی راستے میں ایک بہت پرانے پیپل کے درخت کے پاس رات بارہ بجے کے وقت راہ پر خطر ہو جاتی ۔اس وقت اس درخت کے پاس سے گزرنا خطرِ عظیم سے کھیلنے اور موت کو دعوت دینے کے برابر تھا۔اور کئی دردناک واقعات بھی ہو چکے تھے۔آس پاس کے گاؤں اور قریب کے شہروں میں بھی یہ دہشت زدگی پھیلی ہوئی تھی۔اس جگہ کو لوگ موت کا دہانہ بھی کہتے تھے، جہاں دل دہلا دینے والی موت رقص کرتی ہوئی نظر آتی تھی۔

پھر ایک دن جب برداشت نہ ہونے والی وہ دلخراش خبر آئی تب وہ گھر میں ہی تھا۔ایک ہلچل سی مچ گئی تھی۔کوئی بتا نہیں رہا تھا کہ آخر ہوا کیا ہے۔ ہر کسی سے پوچھنے پر بھی کوئی معقول جواب نہیں مل رہا تھا۔ پھر اسے کچھ اندازہ ہو گیا۔تب ہی وہ دل تھام کر اٹھا اور جب وہ خبر سنی تو دل پکڑ کر بیٹھ گیا۔آنکھیں پھٹی کی پھٹی رہ گئیں ۔منھ سے ایک آہ نکلی اور خاموشی چھا گئی ۔آنکھوں سے آنسوؤں کا ایک قطرہ نہیں گرا۔سب لوگ سوچتے تھے کہ وہ روئے اور خوب روئے ۔بار بار اسے سواتی کی لاش کے پاس لے جاتے اور کہتے دیکھ تیری پیاری بہن، تیری سواتی اب اس دنیا میں نہیں رہی ، وہ مرگئی ہے۔لیکن وہ خاموش اور آنکھیں خشک ۔ جب سواتی کو آغوشِ لحد کے سپرد کیا گیا اور قبر نے اپنی گود میں لے لیا تب اس کی آنکھوں سے ایک سیلاب پھوٹ پڑا۔گھر کے سبھی افراد پر ایک قہر ٹوٹ پڑا ۔ برداشت نہ ہونے والی حقیقت سے ٹکرا کر ماں کا کلیجہ پاش پاش ہو گیا۔ابا پر بدحواسی طاری ہو گئی ۔وہ درودیوار پر دیکھنے لگے اور اسی سے ہی بات کرنے لگے تھے۔

سواتی شہر میں موجود کالج سے گاؤں آ رہی تھی اور سڑک حادثے میں اس کی موت ہو گئی۔وہ بھول نہیں سکا تھا زندگی کے وہ حسین لمحات جب وہ اور اس کی پیاری بہن سواتی ساتھ ساتھ ہنستے ، کھیلتے ، بھاگتے ،دوڑتے اور تھک جاتے تھے ۔ جب وہ اسکول جانے لگا تو اپنے کمرۂ جماعت کی بجائے سواتی کے ساتھ اسی کے کمرۂ جماعت میں بیٹھ جایا کرتا تھا۔سواتی کا ساتھ اور اس کی ہر بات رہ رہ کر اسے یاد آتی۔

سواتی کی موت کے بعد خواب شیریں کے لیے وہ ترس گیا تھا۔کروٹوں میں راتیں کٹ جاتی تھیں۔وہ خواب گراں کا مزہ چکھنا چاہتا تھا۔ پھر ایک روز بڑی مشکل سے اسے نیند آئی اور سواتی خواب میں آ گئی ۔ وہ مشکل میں تھی ۔ کچھ کہنا چاہتی تھی اور دوسرے ہی پل خواب پریشاں سے وہ جاگ گیا۔ پھر کئی کروٹیں بدلیں پر نیند آنکھوں سے دور تھی۔ بے چینی کے سبب طبیعت میں بل پڑ رہے تھے۔نظریں گھڑی کی طرف گئیں۔ رات کے گیارہ بج رہے تھے۔اچانک ذہن کچھ سوچنے لگا۔آدھی رات کا وقت اور دور دور تک پھیلا سناٹا چیخ چیخ کر کچھ کہہ رہا تھا۔وہ اپنے کمرے میں کچھ ڈرا سہما ہوا کھڑکیاں دروازے بند کر کے سونے کی ناکام کوشش کر رہا تھا۔وہ فرش پر لیٹا ہوا تھا اور اچانک اس کا دھیان پنکھے کی آواز کی جانب مڑ گیا۔اب وہ پنکھے کو تکے جا رہا تھا۔ پنکھے کی چرررر چرررر کی آوازیں تو روز آتی تھیں،لیکن اب تک اس آواز پر اس کا دھیان نہیں گیا تھا۔اب وہ آواز خوف پیدا کر رہی تھی۔شاید پنکھے کا بیرنگ خراب ہو گیا تھا۔وہ چرررر، چرررر کی آوازیں ڈراونی آوازوں میں تبدیل ہو رہی تھیں۔(بقیہ ص 67 پر)

اس نے گھڑی کی طرف دیکھا، بارہ بجنے میں کچھ تمیں منٹ باقی تھے۔ بستر سے اٹھ کھڑا ہوا، شرٹ پہنی، جوتے پہنے اور گھر کا دروازہ کھول کر باہر کی جانب جھانکا تو دو کتے رو رہے تھے اور کہیں دور سے گھنگروؤں کی آوازیں آ رہی تھیں۔ نہ جانے اس وقت ذہن میں کیا بات سمائی کہ وہ گھر سے باہر نکل پڑا۔ کچھ وقت ساکت و جامد کھڑے رہنے کے بعد دھیرے دھیرے پیپل کے درخت کی طرف بڑھنے لگا۔ اس وقت قدموں میں ڈگمگاہٹ نہیں تھی اور نہ ہی دل کسی بات کا ڈر محسوس کر رہا تھا۔ آہستہ آہستہ درخت کی جانب قدمزن ہوا۔ قدموں میں پہلے جیسی لڑکھڑاہٹ بھی نہیں تھی اور وہ خود بخود اٹھ رہے تھے۔ چلتے چلتے وہ رک گیا۔ درخت اب اس کے سامنے تھا۔ کچھ وقت خاموش کھڑے رہنے کے بعد وہ چیخ پڑا۔ پھر رات بھر اس پیپل کے درخت کے گرد گھومتا، اس کی شاخوں کو ہلا ہلا کر چیخ چیخ کر اپنی فریاد سناتا اور اسے بلاتا رہا۔ رات یوں ہی گزر گئی لیکن اس کی مراد پوری نہ ہو سکی اور ایک سر توڑ کوشش اور ریاض شاقہ کو کامیابی نہ مل سکی۔

صبح وہاں سے گزرنے والے لوگ اسے گھر لائے۔

دیکھتے ہی ماں زار و قطار رونے لگی اور روتے روتے کہہ رہی تھی ’’سُنیل، بیٹا تو جانتا ہے نہ اس پیپل کے درخت پر روحوں کا بسیرا ہے۔ تجھے تو بھوتوں سے بہت ڈر لگتا ہے۔ بیٹا، پھر تو وہاں کیوں گیا تھا؟‘‘

وہ دیوار پر ٹکٹکی باندھے دیکھتا رہا پھر ماں سے کہا۔

’’بھوتوں کا ڈر میرے اندر سے ختم ہو گیا ماں.... جن ارواح سے میں خوف کھاتا تھا وہ خوف اب مجھ میں نہیں رہا ماں..... مجھے سواتی سے ملنا ہے ماں۔‘‘

☆☆

افسانہ

فیاض احمد ڈار

عجیب رات

اندھیرا ہی اندھیرا تھا، چاروں طرف گھمسان کا رن پڑا تھا۔ ہر طرف آپا دھاپی عالم تھا۔ سناٹے بھری رات میں مظلوموں کی آہ و زاری سے مسافر کے پیروں تلے زمین کھسک رہی تھی اور آسمان تھرتھرا رہا تھا۔ رات کی دہشت سے اس کی زبان گنگ اور کان بہرے ہو گئے تھے۔ کتے گلی کوچوں میں ڈرے سہمے کہیں بھونکتے، کہیں دوڑتے اور کہیں پر روتے تھے۔ سناٹا دیرے دیرے بڑھ رہا تھا۔ ٹھنڈی ہوا کے جھونکوں میں بھی مسافر کا چہرہ عرق آلود تھا۔ ہر شئے کی پرچھائیں لمحہ بھر میں دوگنی ہو رہی تھیں۔ دہشت بھری رات میں درختوں کے سوکھے زرد پتے یکا یک نیچے آ کر گر جاتے۔ جس سے مسافر پر کپکپی سی طاری ہو جاتی۔ اسی دوران ہوا کا بگولہ چکراتے ہوئے دُور دُور تک پھیلنے لگا۔ یہ دیکھ کر مسافر کو لگا کہ بگولہ اپنے ساتھ کالے کتوں کو اٹھا کر لے جائے گا مگر ایسا نہ ہو سکا۔ کاروان منزل کی اور بڑھ گئے تھے۔ ایک مسافر راستے سے بھٹک گیا' کچھ اپنی غفلت شعاری سے، کچھ سات پردوں کے اندر رہنے والوں کی سازش سے۔ ان کی راہ گرد و غبار سے اٹی ہوئی تھی، کہیں کوئی نقش پا نہ تھا۔ حالانکہ صدیوں پہلے ستاروں کے قافلے کا گزر اس راہ سے ہوا مگر یہ پُر اسرار سناٹا! لیکن چمن آرائے جہاں اس سناٹے کو دور تلک لینے کا منصوبہ باندھ رہا تھا۔

مسافر کو اس کانٹے دار راستے پر چلنے کی جرأت نہیں ہوتی۔ اس کے تصور سے ہی اس کے مساموں سے پسینہ بہنے لگتا تھا، بدن آگ کے تندور کی طرح جلتا تھا۔ ٹیڑھا کوہستانی کٹھن راستہ۔ اس راستے پر کالے کتے اور زرد سور لیٹے رہتے۔ وہ ٹھکیدار بن کر راہ گیروں کو کاٹتے تھے، نہ خوفِ خدا اور نہ خوفِ آخرت، بس عارضی کھیت کو باغ ارم سمجھتے تھے۔ وہ مسافر کو گھور رہے تھے جیسے وہ انسان نہ تھا، شکار تھا۔

''کہاں جا رہے ہو'' کتوں کے سیاہ ہونٹ ہلے۔

''میں مقصود کو ملنا چاہتا ہوں............''

''کون مقصود ....؟'' انہوں نے پلکیں جھکائیں اور دوسرے لمحے ان کی یادداشت نے اُن کا ساتھ دیا،''اوہ سمجھا! وہ جو بہارستان میں رہتا..........''

''جی ہاں، وہی.......................''

''مگر''

''مگر کیا''

''وہاں تم یوں ہی نہیں جا سکتے ہو۔ نذر و نیاز کیا کرو، پہنچ سکتے ہو۔''

''کونسا نذر و نیاز.................''

''تحفہ، چائے، خبردار آگے نہیں بڑھنا، محافظ پکڑ لینگے۔''

کالے کتوں کے جواب سے مسافر لمحہ بھر آگ بگولہ ہو گیا۔۔

ان کی ٹانگیں جیسے ٹک سوختہ ہو گئے۔''

''آیئے آیئے تھیلا اور پرس مال بھر کے آیئے۔ ہم آپ کو لئے چلتے ہیں۔

یہاں بغیر مال کوئی داخل نہیں ہو سکتا۔''

راہ گیر کو اس کٹھن راہ پر پاؤں کے تلوے میں کانٹے چبھنے کا اندیشہ رہتا۔ حالانکہ مدّت سے مسافر نے ٹیڑھے کوہستانی راستے کو عبور کرنے کا خواب دیکھا تھا، خیالی دنیا میں وہ اس راستے کو عبور کر چکا تھا، منزل مقصود پر پہنچ گیا تھا۔ کاروان کے اراکین سے گفت شنید ہوا تھا۔ درحقیقت انہیں جی کی جی میں رہ گئی۔ کیونکہ مسافر کے

راستے میں کالے کُتے پُسی کی مانند رکاوٹ بن گئے تھے۔ چنانچہ کالے کتوں نے تہلکہ مچا رکھا تھا، صرف گرم ہاتھ والوں کے لئے راستہ ہموار تھا۔ مسافر کی آمدرفت پر قدغن تھی۔ مسافر پہلے پہل چکرایا، اس کے ماتھے پر قدغن سے شکن پڑے۔ اچانک راہ گیر اُٹھ کھڑا ہوا۔ بہادری سے کام لیتے ہوئے، وہ اپنی منزل کی طرف روانہ ہوا۔ ان کی باتوں میں وزن تھا منزل کے کئی پڑاؤ بہ آسانی طے پائے۔ لیکن آخری پڑاؤ پر پہنچ کر مسافر اور کالے کتوں کے درمیان باتوں باتوں میں تو تو میں میں ہوئی۔ مسافر بولا کیونکر یہاں بیٹھے ہو۔ بھاگو یہاں کُتو بھاگو۔ یہاں تمہیں بیٹھنے کا حق نہیں بنتا، جا آنگن کے کونے میں بیٹھو اور خشک کھرچن کھاو۔ یہ سنتے ہی کُتے آگ بگولہ ہوگئے۔ کتوں نے ایک دوسرے کو کانوں کان خبر کی۔ دیکھتے ہی دیکھتے کالے کتوں کی ٹولی جمع ہوئی لیکن کتوں کا سربراہ بڑی مونچھیں، لمبا دُم اور کمر پر لمبے بال والا کالے رنگ کا تھا۔ اس نے ماتحتیوں سے صلاح ومشورہ کیا، کئی احکام جاری کئے، کچھ پر عمل درآمد ہوا۔ ادھر آوارہ پھرتے پھرتے کُتے پاگل ہوگئے۔ انھوں نے مسافر کو چاروں طرف گھیر لیا اور کاٹ کاٹ کر ہلاک کر دیا تن وتنہا ایک عجیب رات میں۔

☆☆

محمد قمر سلیم

افسانہ

لپ لاک

آج رچنا کا کالج میں پہلا دن تھا۔ جیسے ہی وہ کالج کے کامن اسٹاف روم میں داخل ہوئی مسز اگروال نے پرزور خیر مقدم کیا۔

'آؤ رچنا آؤ، پلیز پے اٹینشن! ہماری ایک اور نئی ساتھی آگئی ہیں مس رچنا۔ رچنا کے تقرر میں میں بھی شامل تھی۔' انھوں نے بڑے فخر سے کہا،' آؤ رچنا ادھر بیٹھ جاؤ۔'

رچنا نے اچٹتی سی نظر اسٹاف میں بیٹھے تمام اساتذہ پر ڈالی اور اس کی نگاہ ایک کونے میں بیٹھی ہوئی نازک سی لڑکی کی طرف جاکر ٹھہر گئی۔ وہ اس کی ہم عمر تھی۔ رچنا نے مسز اگروال کا شکریہ ادا کیا اور اس لڑکی کے پاس جاکر بیٹھ گئی۔ اس کا نام اپسرا تھا۔ وہ صرف نام کی ہی اپسرا نہیں تھی۔ ایسا لگتا تھا جیسے وہ سوورگ سے اتری ہوئی اپسرا ہے۔ دھیرے دھیرے رچنا اپسرا سے قریب ہوتی چلی گئی۔ اپسرا کا تقرر بھی چھ مہینے پہلے ہی ہوا تھا۔ اس کا پانچویں منزل پر اپنا کیبن تھا۔ ایک مہینے بعد رچنا کو بھی کیبن مل گیا۔ حسن اتفاق دونوں کے کیبن برابر برابر تھے۔ رچنا یار باش قسم کی لڑکی تھی۔ یہی وجہ تھی کہ صرف تین مہینے میں ہی نہ صرف وہ اپسرا کے بہت قریب آگئی تھی بلکہ کالج کے زیادہ تر اساتذہ سے اس کے اچھے مراسم قایم ہوگئے تھے۔

رچنا اور اپسرا نفسیات کے شعبے سے تعلق رکھتی تھیں۔ رچنا کسی نہ کسی بہانے اپسرا کے کیبن میں آ ہی جاتی تھی۔ اسے اپسرا بہت اچھی لگتی تھی۔ رچنا کو اس طرح اپنی طرف بڑھتا دیکھ اب اپسرا بھی اس میں دلچسپی لینے لگی تھی۔ ایک وقت ایسا آیا کہ دونوں ایک دوسرے سے جدا ہی نہیں ہونا چاہتی تھیں۔ کالج میں امتحانات ہو چکے تھے۔ طلبا کی چھٹی ہوگئی تھیں۔ اساتذہ اپنے اپنے کیبنوں میں بیٹھے امتحان کے کام میں مصروف تھے۔ رچنا اپسرا کے کیبن میں بیٹھ کر اپنا کام کر رہی تھی۔ کام کرتے کرتے اس نے نظر اٹھا کر دیکھا تو اپسرا بلا کی خوبصورت لگ رہی تھی۔ وہ کچھ منٹ تک ایسے ہی اپسرا کو دیکھتی رہی۔ اپسرا اپنے کام میں مصروف تھی لیکن اس کی چھٹی حس کہہ رہی تھی کوئی تو بلا رہا ہے۔ اس نے نظر اٹھا کر دیکھا تو اپسرا اسے مدہوش نگاہوں سے متواتر دیکھے جا رہی تھی۔ وہ دونوں ایک دوسرے کی مست نگاہوں میں کھو گئے۔ اور پھر دونوں کی قوت برداشت جواب دے چکی تھی۔ رچنا نے کیبن کا دروازہ لاک کر دیا، پھر کھڑکیوں کے بلائنڈس کو بھی نیچے گرادیا۔ اور پھر! رچنا اپسرا کے نازک نازک لبوں پر اپنے ہونٹ رکھنے جا ہی رہی تھی کہ اپسرا گھبرا کر پیچھے ہٹ گئی۔ اس کی سانسیں تیز ہوگئی تھیں۔ ماتھے پر پسینے کی بوندیں نمایاں تھیں۔ تبھی رچنا بولی،' ڈونٹ وری بے بی'۔ اس نے پھر اپنی مدہوش آنکھیں اپسرا کی آنکھوں میں ڈال دیں۔ اپسرا کبھی اسے دیکھتی، تو کبھی اپنی نظریں نیچی کر لیتی۔ رچنا اس کے اور قریب آگئی، اور قریب آئی اور قریب آئی۔ اس نے اپنی دونوں باہیں اپسرا کی گردن میں ڈال دیں۔ اس کو اپنے اتنے قریب کھینچ لیا کہ وہ دونوں ایک دوسرے کی دھڑکنے سن سکتی تھیں۔ اپسرا کو اپنی سانسوں پر قابو نہیں تھا۔ اس کا دل کسی دھونکنی کی طرح دھڑک رہا تھا۔ رچنا نے اس کا چہرہ اپنے ہاتھوں میں لے لیا۔ اس نے اپنے تپتے ہوئے ہونٹ اپسرا کے نرم و نازک ہونٹوں پر رکھ دیے۔ اور پھر وہ ایک دوسرے کے ساتھ لپ لاک میں مشغول ہوگئیں۔ ایسا لگ رہا تھا جیسے آج دونوں رس سے بھری پنکھڑیوں کو چوس چوس کر مدہوش ہونے کے موڈ میں ہیں۔ دونوں بہت دیر تک لپ لاک کی حالت میں رہیں۔

اب ان دونوں نے ایک دوسرے کے گھر بھی آنا جانا شروع کر دیا تھا۔اپسرا ماڈرن گھرانے کی لڑکی تھی۔اس کے گھر والے آزاد خیال تھے۔وہ اپنی مرضی کی مالک تھی۔یہی وجہ تھی اس کے ضدی اور مغرور ہونے کی۔وہ ہر کسی سے ملنا اس لیے بھی پسند نہیں کرتی تھی کہ وہ ہر کسی کو اپنے رتبے کا نہیں سمجھتی تھی۔اس کے کم گو ہونے کو لوگ اس کا شرمیلا پن سمجھتے تھے۔وہ خود حیرت زدہ تھی کہ رچنا نے اس پر کیسا جادو کر دیا ہے۔

رچنا کا گھر اس سے مختلف تھا۔اس کا باپ نہیں چاہتا تھا کہ اس کی بیٹی اعلیٰ تعلیم حاصل کرے۔اس کے باپ کا زیادہ تر وقت شراب کباب کی محفلوں میں گذرتا تھا۔شراب پی کر گھر پر روز ہنگامہ کرنا اور اپنی بیوی کو مارنا پیٹنا اس کا معمول بن گیا تھا۔اسے اپنی ماں پر بہت ترس آتا تھا اور وہ اس بے پناہ محبت کرتی تھی۔وہ آج جو بھی تھی اپنی ماں کی بدولت تھی۔اس کا باپ تو چاہتا تھا کہ اسکول پاس کرنے کے بعد اس کی شادی کر دی جاتی لیکن اس کی ماں دیوار بن کر کھڑی ہو گئی تھی۔

رچنا اور اپسرا کے شادی کے نا جانے کتنے رشتے آئے لیکن دونوں نے ہر بار شادی سے انکار کر دیا۔رچنا کی ماں چاہتی تھی کہ وہ شادی کر لے اور اس جہنم سے باہر نکل جائے۔ہر بار رچنا یہی کہتی تھی ماں میں تجھے چھوڑ کر نہیں جاؤں گی،میں شادی نہیں کروں گی،مجھے مردوں سے نفرت ہے۔رچنا نے اپسرا کے دل میں محبت کی لو جلا دی تھی۔اب دونوں کا ایک دوسرے کے بنا جینا محال تھا۔

اپسرا کے بھائی کی شادی تھی ۔ رچنا اپسرا کے گھر رہنے آگئی تھی ۔رات ہو گئی تھی وہ دونوں ہی سونے کے لیے چلی گئیں۔جیسے ہی وہ دونوں بستر پر لیٹیں رچنا اپسرا کی بلائیں لینے لگی ۔رہ رہ کر وہ اپسرا کے پورے بدن کو نہارتی رہی،اور اس کی نظریں ایک خاص مقام پر آکر ٹھہر جاتیں۔اپسرا بھی اس سے بے خبر نہیں تھی۔وہ دونوں اپنے آپ کو روک نہیں سکیں اور پھر انھوں نے اپنے لبوں کو ہی لاک نہیں کیا تھا بلکہ لبوں کی حدیں بھی پار کر گئیں اور شرم وحیا کے سارے پردے اتار پھینکے تھے۔عجب سا نشہ تھا ان کے ملن میں۔اپسرا کے بھائی کی شادی ہونے تک یہ روز کا معمول بن گیا اور پھر وہ جدا ہو گئیں لیکن پیاس اور بھی بڑھ گئی تھی۔دونوں کے بدن میں نہ بجھنے والی آگ لگی ہوئی تھی۔

'یہ حکومت ہم لوگوں کو شادی کرنے کی اجازت کیوں نہیں دیتی۔آخر اس میں غلط ہی کیا ہے۔'اپسرا نے فکر مند لہجے میں کہا۔

'یہ مذہب کے رکھوالے حکومت کو ایسا نہیں کرنے دیں گے لیکن بے بی غم نہیں کرو ایک دن ہم ضرور ایک بندھن میں بندھ جائیں گے۔' رچنا نے احتجاجاً کہا۔

'کاش ایسا جلدی ہو۔'اپسرا نے آہ بھرتے ہوئے کہا۔

وقت گزرتا گیا اور پسرا ایک عدد بھتیجے کی پھوپھی بن گئی ۔اب اس کی ماں نے اس کی شادی کی شدت پکڑ لی۔ان کی ضد پر آخر کار اپسرا نے کہہ ہی دیا کہ وہ رچنا سے شادی کرے گی۔بس پھر کیا تھا گھر میں ہنگامہ برپا ہو گیا۔اس کے باپ کو مانو سانپ سونگھ گیا۔ماں کا روتے روتے برا حال تھا اور بھائی ماں باپ کے بے جا لاڈ پیار کی دہائیاں دیتے نہیں تھک رہا تھا۔اس کی بیوی نے بھی کہہ ہی دیا یہی ہیں سنسکاری لوگوں کے سنسکار۔بس اس دن سے رچنا پر اپسرا کے گھر کے دروازے بند ہو گئے۔اپسرا کا بھائی نہیں چاہتا تھا کہ وہ کالج بھی جائے۔

دنیا میں ہم جنس شادی کی پر زور وکالت کی جا رہی تھی ۔بہت سے ملکوں میں مظاہرے ہوئے اور حکومتوں نے ہم جنس شادی کو قانون بنا کر جائز قرار دے دیا۔زیادہ تر ملکوں میں اس شادی کو حرام اور ناجائز سمجھا جا رہا تھا۔مذہبی رہنماؤں نے اسے گناہِ عظیم قرار دے دیا تھا۔مذہبی تنظیمیں اس شادی کے خلاف کمر بستہ ہو گئی تھیں۔ہر ملک میں یہ معاملہ حکومت کا دردسر بن گیا تھا۔رچنا اور اپسرا کا ملک بھی اس سے اچھوتا نہیں تھا۔کسی بھی مظاہرے میں

وہ دونوں پیش پیش رہتی تھیں۔ اب یہ بات کالج میں بھی پھیل چکی تھی لیکن انھیں اس کی پرواہ نہیں تھی۔ ان کا صرف ایک مقصد تھا ایک قالب میں دو جسم سما جائیں۔

ملک کی راجدھانی میں مئی کی چلچلاتی دھوپ میں ہم جنس حامیوں کا قانون بنانے کے لیے بہت بڑا مظاہرہ اور دھرنا تھا۔ اپسرا کی طبیعت کچھ ناساز تھی اس لیے وہ مظاہرے میں شریک نہیں ہوسکی۔ معمول کے مطابق رچنا پیش پیش تھی۔ اسے امید تھی کہ آج ضرور اس کے دل کی مراد پوری ہوگی۔ آج ضرور وہ لوگ حکومت کو جھکا کر ہی دم لیں گے۔ اور پھر وہ اور اپسرا ہمیشہ ہمیشہ کے لیے ایک دوسرے کے ہو جائیں گے۔ سبھی مظاہرین زور زور سے نعرے لگا رہے تھے کہ اچانک رچنا چکر کھا کر گر پڑی۔ لوگ رچنا کو اسپتال لے کر بھاگے۔ خبر ملتے ہی اپسرا اسپتال پہنچ گئی۔

رچنا کو ایمرجنسی وارڈ سے کمرے میں شفٹ کر دیا گیا تھا۔ اپسرا تمام مخالفتوں کے باوجود تین دن سے رچنا کے پاس ہی رکی ہوئی تھی۔ آدھی رات کو اچانک رچنا کی طبیعت بگڑ گئی۔ اپسرا نے بیل کی طرف ہاتھ بڑھایا ہی تھا کہ رچنا نے اس کا ہاتھ پکڑ لیا اور اسے بیل بجانے سے روک دیا۔ اپسرا رچنا کے ہاتھوں کو چومنے لگی۔ رچنا نے اشارے سے اس سے لپ لاک کرنے کے لیے کہا اور بڑبڑانے لگی، 'اپسرا اپنے ہونٹ میرے ہونٹوں پر رکھ دو۔ میری تشنگی بجھا دو۔ اپسرا جلدی کرو۔' اس کی سانسیں اکھڑ رہی تھیں۔ اپسرا نے اپنے نرم و نازک ہونٹوں کو رچنا کے ہونٹوں پر رکھ دیا۔ ان میں وہی گرمی تھی جب رچنا نے پہلی بار اپنے ہونٹ اس کے ہونٹوں پر رکھے تھے۔ لپ لاک ہوتے ہی رچنا کے ہاتھ ڈھیلے پڑ گئے اور اس کی گردن ایک طرف لڑھک گئی۔

رچنا کی موت کے بعد اپسرا کو کوئی بھی شادی کرنے کے لیے راضی نہیں کر سکا۔ ادھر اس کے بھائی کے دو جڑواں بچے پیدا ہوئے۔ اپسرا نے اب اپنا سارا دھیان اپنے کیریئر پر لگا دیا تھا۔ اس کے والدین اس کی شادی کا انتظار اپنی آنکھوں میں سمیٹے ہوئے اس دنیا سے رخصت ہو گئے۔ اپسرا نے اپنی ساری جوانی رچنا کی یادوں کے سہارے گذار دی اور اب وہ بڑھاپے کی کگار پر کھڑی تھی۔ اس کا بھتیجا اور بھتیجیاں جوانی کی دہلیز پر قدم رکھ چکے تھے۔ آج رچنا کی برسی تھی۔ یوں تو ہر سال اس کی برسی آئی لیکن اپسرا اتنی بے چین کبھی نہیں تھی جتنا کہ آج۔ وہ اپنے بستر پر لیٹی ادھر سے ادھر کروٹیں بدل رہی تھی۔ اس کے پورے بدن میں کانٹے چبھ رہے تھے اور آج برسوں بعد پہلی بار اس نے اپنے بستر پر اپنی حدوں کو پار کیا تھا۔ جس دن سے رچنا کی موت ہوئی تھی اس دن سے نہ تو وہ خود اس جگہ سوئی اور نہ ہی کسی اور کو اس جگہ سونے دیا جہاں وہ رچنا کے ساتھ ہم بستر ہوئی تھی۔ اس نے اس جگہ کو یادوں کا گھروندہ بنا دیا تھا۔ اس کا روز کا معمول تھا کہ سوتے وقت وہ اس جگہ پر اپنا ہاتھ رکھ کر سوتی تھی لیکن آج وہ پورے بستر پر لوٹ رہی تھی۔ باہر بادل گرج رہے تھے، بجلی کوندرہی تھی اور بارش تیز تھی۔ نہ جانے کتنے گھنٹوں وہ ایسے ہی بستر پر لوٹتی رہی۔ اس کی بے چینی بڑھتی جارہی تھی۔ وہ بستر سے اٹھی، دوپٹے سے اپنے آنسو پوچھے۔ بارش رک چکی تھی۔ سورج بادلوں کی اوٹ سے جھانکنے کی کوشش کر رہا تھا۔ جیسے ہی اپسرا نے کھڑکی سے باہر جھانکا نسیم سحر کے جھونکوں نے اس سے اٹکھیلیاں شروع کر دیں۔ اس نے گھبرا کر کھڑکی بند کر دی اور کمرے میں دیوانہ وار چکر لگانے لگی۔ کمرے میں اسے گھٹن محسوس ہو رہی تھی وہ غیر ارادی طور پر کمرے سے باہر نکل گئی۔ راہ داری میں اس کے کچھ قدم ہی بڑھے ہوں گے کہ ٹھٹھک کر رک گئی۔ اس کے قدم منجمد ہو گئے، پورے بدن میں سنسنی دوڑ گئی، آنکھیں پھٹی کی پھٹی رہ گئیں، منھ حیرت سے کھل گیا۔ اس کا سر چکرا رہا تھا۔

سامنے والے کمرے میں اس کی دونوں بھتیجیاں 'لپ لاک' پوزیشن میں تھیں۔ ☆☆

افسانہ

مزمل شبلی

سراب اور منزل

صبح کے چار بجے تھے۔ جمال ملک حسب معمول غسل سے فارغ ہوکر فجر کی نماز کے لئے تیار تھے۔ان کی شریک حیات نے چائے تیار کی اور اپنے شوہر کے ساتھ گھر کے دالان میں پڑے جھولے میں بیٹھ کر چائے کی چسکیاں لیں۔ چار بج کر تیں منٹ پر فجر کی آذان ہوئی اور جمال ملک مسجد کی طرف روانہ ہوئے۔ جمال ملک کے گھر سے مسجد کا فاصلہ اتنا ہی تھا کہ بیس منٹ میں پیدل چل کر پہنچ جاتے تھے۔نماز پڑھ کر واپس آئے اور کرتا پائے جامہ اتار کر فارمل کپڑے زیب تن کئے۔

جمال ملک آج سے قریب تین سال پہلے تینتیس گز کے مکان میں اپنے والدین اور دو بھائیوں کے ساتھ تنگی کی زندگی بسر کرتے تھے۔اس بات کا انہیں شدید احساس تھا کہ تین بیٹے ہوتے ہوئے بھی ان کے والدین کس قدر تنگی کی زندگی بسر کر رہے ہیں۔ جمال ملک کے ابا سرکاری محکمہ میں چپراسی کے عہدے پر فائز تھے جبکہ ایک اچھے تعلیم یافتہ انسان تھے لیکن نوکری نہ ملنے کے باعث ایک استاد کی نوکری حاصل نہ کر سکے اور بالآخر اپنے بیوی بچوں کے خاطر چپراسی کی نوکری کرنے لگے۔

جمال ملک کے والدین اب اس دنیا میں نہیں،لیکن جیتے جی انہوں نے اپنی ساری زندگی اسی کوشش میں لگا دی کہ ان کے بچے خوب تعلیم حاصل کریں،خوب ترقی کریں،لیکن ہمیشہ ایک ساتھ ایک ہی چھت کے نیچے مل جل کر،ایک جٹ ہوکر، پیار محبت سے،اک دوجے کا ساتھ دیتے ہوئے زندگی گزاریں۔

والدین کے اس جہان فانی سے گزر جانے کے بعد جمال ملک کے سب سے بڑے بھائی ''انوار ملک'' (جن کے کاندھوں پر اب ساری ذمداری تھی) نے گھر کا سودا کر دیا۔گھر بیچ کر جو رقم وصول کی اس میں سے آدھی اپنے دونوں بھائیوں کو دے دی اور آدھی رقم خود لے کر انوار ملک نہ جانے کہاں غائب ہوگیا۔

جمال ملک اب اپنے چھوٹے بھائی ''یوسف ملک'' کے ساتھ کرائے کے مکان میں رہنے لگے۔ یوسف ذہین تھا۔ منجھلے بھائی نے خود یوسف کو پڑھایا تھا۔دن رات جمال نے یوسف کو پڑھانے میں لگا دیے،یوسف خود بھی خوب لگن سے پڑھتا تھا اور اب وہ اپنے کالج کا سب سے زیادہ ہونہار (TOPPER) طالب علم بن چکا تھا۔ یوسف بچپن سے ہی ڈاکٹر بنا چاہتا تھا۔

ایک دن کالج میں یوسف کی نظروں نے ایک لڑکی کو دیکھنے کی خطا کر دی۔اس دن یوسف کے دل نے پہلی بار اتنا شور مچایا جتنا سمندر کی لہریں مچاتی ہیں۔ یوسف گھر لوٹا اور رات بھر اس کی آنکھوں کے سامنے اس لڑکی کا وہ منظر چھایا رہا

''فارمل کپڑوں میں ملبوس یعنی سفید شرٹ، نیلی جینس،آنکھوں پر GOGGLE،ریشمی بکھرے بال، بلیک رنگ کی کار میں سے پہلے اس نے دایاں پاؤں باہر نکالا پھر جیسے ہی وہ باہر نکلی،ہواؤں نے اس کی زلفوں کو پریشان کرنا شروع کر دیا! اور بس''۔

یوسف کی نظروں نے وہ پہلی اور آخری خطا کی تھی کیونکہ اس دن کے بعد سے اس لڑکی کا کچھ پتہ نہ چلا۔کون تھی،اس کا نام کیا تھا،کہاں سے آئی تھی اور کہاں چلی گئی۔

یوسف اب گھر میں خاموش رہنے لگا۔ جمال اس کے پاس جا کر بیٹھا اور اس کا ہاتھ اپنے ہاتھ میں تھامتے ہوئے بڑے اشتیاق سے پوچھا۔

''تمہاری پڑھائی کیسی چل رہی ہے یوسف''

''ہاں۔ہاں۔ہاں۔ہاں''

(یوسف نے ذرا گردن کو ہلاتے ہوئے جواب دیا)

''تم جا کر سو جاؤ یوسف''

یوسف نے کچھ نہ کہا اور اٹھ کر چلا گیا۔

جمال اپنے بھائی کی خاموشی کو بھانپ چکا تھا۔تین مہینے بعد یوسف آج کالج گیا تھا اور یہ اتفاق ہی تھا کہ وہ لڑکی بھی اس دن وہاں موجود تھی۔یوسف اس کو دیکھ کر تڑپ اٹھا اور سیدھے اس پری رو سے اپنے عشق کا اظہار کر دیا۔یوسف کے اس بے خوف اظہار سے وہ کچھ سہم سی گئی اور اس نے سب کے سامنے یوسف کو تھپڑ مار دیا۔

سارے کالج کے سامنے، کالج کے سب سے ہونہار لڑکے کو ایک لڑکی نے تھپڑ مارا، ایک اجنبی لڑکی نے۔جسے دیکھ کر یوسف کے دل میں ایک رومانی شور مچا تھا وہ شور اچانک تھم سا گیا۔

دن ڈھل رہا تھا، یوسف گھر نہیں پہونچا تو اس کا بھائی جمال پریشان ہو گیا۔اس نے یوسف کے دوست ''جیکسن'' کو فون کیا لیکن رات چونکہ بہت ہو چکی تھی اس لئے فون نہ اٹھ سکا۔جمال بارش میں بھیگتے ہوئے جیکسن کے گھر پہونچا۔سارا احوال جیکسن نے جمال کو سنایا۔اب جمال کی بے چینی مزید بڑھ گئی۔

''ایک لڑکی نے یوسف کو تھپڑ مارا، وہ بھی صرف اس لئے کہ اس نے محبت کی تھی یا اس لئے کہ اظہار سارے کالج کے سامنے کر دیا تھا''

جمال دل ہی دل میں سوچتا چلا جا رہا تھا۔اس کی آنکھیں پانی سے بھری تھیں۔بارش کا پانی اس کی کمر کو چھو گیا تھا لیکن جمال کو یہ احساس تک نہ تھا کہ بارش ابھی تھمی نہیں ہے اور وہ آدھا پانی کے نیچے اور آدھا پانی کے اوپر چل رہا ہے۔وہ تو کسی گہری سوچ میں ڈوبا ہوا تھا۔

اس طوفانی بارش میں جمال نے ساری رات یوسف کو ڈھونڈا، شاید کسی گوشے میں بیٹھا مل جائے....شاید یہ، شاید وہ، لیکن یوسف کہیں نہ ملا۔

آفتاب طلوع ہوا تو جمال فارغ ہو کر سب سے پہلے بھائی کے کالج گیا۔پرنسپل سے ملاقات کی لیکن بھائی کا پتہ نہ پایا۔آخر جمال نے اس اجنبی لڑکی اور اس دن کے واقعہ کے بارے میں جاننا چاہا۔

''سر ایک لڑکی نے یوسف کو کل تھپڑ مارا تھا۔کیا آپ مجھے بتا سکتے ہیں کہ وہ کون ہے؟''

(جمال نے پرنسپل سے پوچھا)

پرنسپل نے کہا..................

''جمال دراصل یوسف کو یہ نہیں پتہ تھا کہ وہ کون ہیں، ان کا نام کیا ہے، ان کا عہدہ کیا ہے''

''یوسف نے سیدھے اپنی محبت کا اظہار کر دیا تھا، جو یقینا ان کو ناگوار گزرا۔ہاں یہ بھی غلط ہوا کہ انہوں نے بھی غصہ میں کالج کے سب سے ہونہار لڑکے کو تھپڑ مار دیا۔''

جمال نے سوال کیا....سر....دونوں میں سے غلط کس نے کیا؟

پرنسپل نے عقل دوڑاتے ہوئے جواب دیا۔

''یوسف کی غلطی تھی''

جمال کی آنکھیں نم تھیں۔اس نے پرنسپل سے کالج واپس آنے کا وعدہ کیا اور وہاں سے چلا گیا۔

اس دن جمال ملک بہت مایوس تھا۔اس کا دل اندر سے رو رہا تھا اور وہ باہر سے۔سورج آگ اگل رہا تھا۔قریب تھا کہ وہ چکر کھا کر گر جاتا لیکن ہمت نے ساتھ نہیں چھوڑا۔اس نے اپنے بائیں ہاتھ کی آستین سے آنسو پونچھے اور گھر کے راستے پڑنے والے تالاب کے کنارے جا کر بیٹھ گیا۔وہ کسی سوچ میں ڈوبا تھا۔

''میرے بابا نے ساری زندگی گھر جوڑنے میں لگا دی، گھر والوں کو جوڑے میں لگا دی، ہم سب کو ساتھ رکھنے میں لگا دی اور اپنی اسی سوچ کے ساتھ وہ اس جہان فانی سے رخصت ہو کر آسمان میں تاروں کے ساتھ جھلمل جل کر رہنے لگے، اور دیکھو وہاں بھی میرے بابا اپنی اسی سوچ کو برقرار رکھے ہوئے ہیں۔''

''یہاں میرے بابا کی سوچ ایک آئینہ کی طرح ٹوٹ کر بکھر گئی۔ میرے بابا کے تینوں بیٹے الگ ہو گئے۔ انوار بھائی کو دولت نے خرید لیا، یوسف کو ایک لڑکی اور اس کے تھپڑ نے توڑ دیا، نہ جانے دونوں کہاں ہیں۔''

جمال ملک سوچ رہا تھا۔

''یا خدا۔ میرے بھائیوں کو سلامت رکھنا۔ بابا میں وعدہ کرتا ہوں! آپ کے بیٹے پھر ایک ساتھ، ایک ہی چھت کے نیچے رہیں گے۔''

جمال خدا سے دعا کرتے ہوئے اور بابا سے وعدہ کرتے ہوئے تالاب سے اُٹھ کر اپنے گھر پہنچا۔ جہاں

اندھیرا تھا

تنہائی تھی اور

وہ خود تھا۔

ا۔ اندھیرا (جس میں انوار ملک کو دولت کے آگے بابا کی سوچ اور بھائیوں کی محبت نظر نہیں آئی)

۲۔ تنہائی (جو بھیڑ میں ایک لڑکی نے تھپڑ مار کر یوسف کو تحفے میں دی تھی)

۳۔ جمال ملک (جس کے دل میں اب تک بابا کی سوچ کی آخری لَو زندہ و تابندہ ہے)

جمال ملک کچھ دیر تک کھڑا نہ جانے کیا سوچ رہا تھا کہ دفعتہً اس نے اندھیرے میں غرق اپنے گھر کو روشن کرنے کے لئے طاق میں رکھی لیمپ کو آتش کے حوالے کیا۔ جس سے اندھیرا تو چھپ گیا لیکن تنہائی نہیں۔ جمال نے میز پر رکھیں اپنی کتابیں اٹھائیں! زمین پر چادر بچھا کر اس نے کتابیں چادر پر رکھیں اور پڑھنے لگا۔ پڑھتے پڑھتے وہیں زمین پر نہ جانے کب اپنی کتابوں کے ساتھ سو گیا۔ اس طرح جمال نے اپنی تنہائی بھی دور کر لی۔

ایک دن جمال کے بابا نے اس سے کہا تھا جب وہ تیرہ سال کا تھا کہ:

''بیٹا جمال جب جب تم خود کو تنہا محسوس کرو! تو اپنی کتابیں اٹھا کر ان کے ساتھ باتیں کیا کرو، ان کے سوالوں کا جواب دیا کرو، ان سے سوال بھی کیا کرو۔ بیٹا کتابیں ہماری سب سے اچھی دوست ہوتی ہیں۔ سب تمہارا ساتھ چھوڑ دیں گے لیکن تمہاری کتابیں کبھی بھی تمہارا ساتھ نہیں چھوڑیں گیں، اور یہ کتابیں ہی تمہارے خوابوں کو سنہرے پنکھ لگا سکتی ہیں۔''

صبح کے پانچ بجے تھے، جمال اٹھ چکا تھا۔ اس نے اپنے چہرے پر پانی ڈالا اور پڑھائی میں مشغول ہو گیا۔ دو گھنٹے مسلسل پڑھنے کے بعد گھر سے نکل کر بازار گیا۔ ایک انگریزی اخبار ''Times Of India''، ایک ہندی اخبار ''Jagran'' اور تین سو گرام دودھ خرید کر گھر لوٹا۔ اپنے لئے چائے تیار کی۔ جب تک چائے تیار ہوئی تب تک وہ ''Jagran'' پڑھتا رہا۔ پانچ منٹ بعد چائے تیار ہوئی۔ جمال ملک کو خود کی بنائی ہوئی چائے کبھی پسند نہیں آتی تھی لیکن اسے مجبوراً وہی چائے پینی پڑتی تھی کیونکہ اس کے پاس اس کے علاوہ کوئی چارہ بھی تو نہ تھا۔ چائے کے ہر گھونٹ پر وہ ''Times Of India'' سے ایک مشکل لفظ نکال کر Memorise کر لیتا۔ وہ آدھا گھنٹا ہندی اخبار پڑھتا اور آدھا گھنٹا انگریزی اخبار۔

تین سال سے جمال ملک IAS افسر بننے کے لئے محنت اور لگن سے تیاری کر رہا تھا۔ اپنے بابا کے لئے اسے افسر بننا تھا اس لئے اس نے اپنی تیاری میں کسی بھی طرح کی کمی نہ آنے

دی۔ وہ تھا بھی بلا کا ذہین۔

''لمبا چوڑا قد ،قریب 6 فٹ 3 انچ کا ہوگا، بھرا ہوا سینہ، رعب دار چہرہ، تندرست وتوانا، بے حد خوبصورت ، بے حد حاضر جواب شخص ۔''

جمال ملک کی زندگی میں بہت سے واقعات پچھلے کچھ مہینوں سے رونما ہو چکے تھے۔ جہاں اس نے صرف کھویا ہی کھویا تھا پایا کچھ نہیں۔

پہلے اس نے اپنے بابا اور ماں کو ہمیشہ کے لئے کھو دیا اور اب وہ اپنے دونوں بھائیوں کو جدائی کی شکل میں کھو چکا تھا۔

ان واقعات نے جمال ملک کو اندر سے اتنا مضبوط بنا دیا کہ اب وہ انہیں کو ساتھ لیکر اپنے بابا سے کیا ہوا وعدہ پورا کرے گا۔ پھر ایک بار اپنے بھائیوں کو ایک ہی چھت کے نیچے لائے گا۔ افسر بھی بنے گا اور اپنے ملک کی خدمت بھی کرے گا۔

تین ستمبر، جمعہ کا دن۔ یہ وہ دن تھا جس کے لئے جمال نے تین سال اس طرح محنت کی کہ اپنا سب کچھ کھو کر بھی اپنے Target کے حصول کے لئے جنبش نہ آنے دی اور زندگی میں آنے والے کسی بھی قسم کے اتار چڑھاؤ کے ذریے ہونے والی Tension کو ہمیشہ Bye-Bye کہا۔ کیونکہ بابا نے کہا تھا:

''بیٹا زندگی میں کبھی بھی Tension کو Attention نہ دینا۔ اور اگر ایسا کروگے تو Target کو بھول جاؤ گے صرف Tension یاد رہ جائے گی۔

جمال کسی سوچ میں ڈوبا ہوا تھا۔ آج اس کی زندگی کا بڑا دن تھا لیکن اسے اس نتیجے کی پرواہ نہیں تھی کہ آج وہ IAS افسر بنے گا بھی یا نہیں۔ وہ اس پل بھی یہی سوچ رہا تھا کہ اپنوں کو کیسے اور کہاں ڈھونڈے۔

وہ کمرے میں بیٹھا تھا۔ Candle کی لو ٹمٹما رہی تھی۔ دھیمی روشنی میں جمال ملک کے ذہن کا چراغ جلا۔ شاید اسے کوئی Idea آیا تھا لیکن تب ہی چھوٹے بھائی یوسف کا دوست جیکسن آ پہنچا۔

''ہاں.... ہاں.... ہاں.... ہاں.... ہاں.... ہاں'' (وہ ہانپ رہا تھا)

''کیا ہوگیا تم کو''؟ (جمال نے پوچھا)

''بھائیجان! وہ لڑکی''

''کون لڑکی''

''بھائیجان! وہ جس نے میرے دوست یوسف کو تھپڑ مارا تھا''

''ہاں تو! اس کا کیا''

''بھائیجان! اس کا پتہ چل گیا ہے۔ وہ کون تھی۔ اس کا نام کیا ہے۔ میں نے سب معلوم کرلیا ہے۔''

جمال تھوڑی دیر خاموش رہا! پھر اچانک کچھ گرم ہو کر، دانت پیستے ہوئے بولا۔

''کون تھی وہ لڑکی! جیکسن بتاؤ مجھے۔''

''AMRITA SHAH''

''وہ کسی IAS آفیسر کے دفتر میں بڑے عہدے پر فائز ہے۔''

''گریڈ ون کی گزٹڈ آفیسر ہے۔''

(جیکسن نے بتایا)

جمال چونکا اور پھر تھوڑا مسکرایا۔ چائے کا پیالہ جو اس کے ہاتھ میں تھا، گھونٹ گھونٹ نہیں بلکہ ساری چائے ایک ہی گھونٹ میں پی گیا اور کمرے میں ٹہلنے لگا۔ جیکسن نے یہ سارا نظارہ اپنی آنکھوں سے دیکھا۔ وہ جمال کے غصہ سے کچھ ڈر سا گیا تھا بلکہ وہ سمجھ نہیں پا رہا تھا کہ یہ غصہ ہے یا خوشی ہے وہ تو بس کھڑا کھڑا سب کچھ دیکھ رہا تھا۔

''چھوٹے، بے حد شکریہ! اب تم گھر جاؤ'' (جمال نے

جیکسن سے کہا)

جیکسن سلام کرتے ہوئے اپنے گھر چل دیا۔ جمال اپنے کمرے میں ہی تھا اور اب وہ چکر لگا رہا تھا۔ شاید اب اسے زندگی میں پہلی بار TENSION ہونے لگی تھی۔ نتیجہ آنے ہی والا تھا۔ جمال کو ہلکا ہلکا پسینہ آرہا تھا، اس کے ہاتھ کچھ کانپ سے رہے تھے۔ اس بیچ وہ کئی بار پانی بھی پی چکا تھا۔

جیکسن کا گھر ایک POSH COLONY میں تھا۔ جب وہ جمال کے پاس سے گھر جا رہا تھا تب راستے میں اس کے کانوں نے ایک آواز سنی۔ وہ ادھر ادھر دیکھنے لگا کہ آواز کہاں سے آرہی ہے لیکن کچھ نہ پایا۔ پھر ذرا نظریں اٹھا کر دیکھا، تو Screening ہو رہی تھی۔

''JAMAL MALIK''

''IAS OFFICER''

''TOPPER OF THE BATCH''

جب وہ اپنے علاقے میں پہنچا تو وہاں بھی چاروں طرف جمال ملک کی ہی Screening ہو رہی تھی۔ اب تو جیکسن کی خوشی کا ٹھکانا نہ رہا، اس نے گھر جانے کا ارادہ ترک کر دیا اور اپنی سائکل کو وہیں پھینک کر دوڑ لگا تا ہوا واپس جمال کے گھر پہنچا۔

''بھائیجان''.....(بھاگ کر آیا تھا وہ ہانپ رہا تھا، اس لئے آواز ویسی ہی نکل رہی تھی)

جمال نے پیچھے مڑ کر دیکھا......جیکسن کھڑا تھا۔''

چھوٹے تم ابھی تک یہیں کھڑے ہو، گھر نہیں گئے، کتنی دیر پہلے تمہیں گھر جانے کو بولا تھا''۔ کتنی گہری سوچ میں تھا اس دن جمال کہ اس کو یہ بھی خبر نہیں، جیکسن جا کر واپس بھی آ گیا تھا۔ اور اب وہ اس کے لئے کیا Good News لایا ہے۔

جمال جیکسن کے قریب گیا۔ اس کی آنکھیں نم تھیں۔ وہ خوشی کے آنسو تھے۔ اسی پل جمال نے جیکسن کو گلے لگا لیا۔''

بھائیجان آپ IAS OFFICER بن گئے۔ میں ابھی ابھی اپنی آنکھوں سے دیکھ کر اور کانوں سے سن کر آرہا ہوں''۔

'' You Got 1st Rank in Your Batch''

''میں جب گھر جا رہا تھا، تب راستے میں لکھا دیکھا، بھائیجان Screening ہو رہی تھی۔''

''JAMAL MALIK''

''IAS OFFICER''

''TOPPER OF THE BATCH''

''سب لوگ دیکھ رہے تھے اور تالیاں بجا رہے تھے۔''

''بھائیجان آپ نے جو وعدہ بابا سے کیا تھا آج وہ پورا ہو گیا ہے بھائیجان''۔

جیکسن بے انتہا خوش تھا، وہ تو بولے ہی جا رہا تھا۔ یہ خبر سن کر جمال کی آنکھیں بھر آئیں، وہ ذرا باہر گیا اور آسمان کی طرف دیکھنے لگا۔ اس وقت جمال وہاں آسمان میں اپنے بابا کے ساتھ تھا۔ سلمان ملک نے اپنے بیٹے کو نم آنکھوں سے مسکراتے ہوئے گلے لگا لیا، گویا جیسے آسمان میں بادل کے چھوٹے چھوٹے دو ٹکڑے انسانی شکل اختیار کر کے آپس میں باتیں کر رہے ہوں۔

بادلوں سے گھرا ہوا سارا آسمان اس دن جھوم جھوم کر جمال ملک کی کامیابی کا جشن رہا تھا اور جس آسمان کو وہ مبہوت ہو کر دیکھ رہا تھا اس نے تحفہ میں جمال پر رحمت کی بارش کی بوچھار کر دی۔ گویا بارش نے پورے ہندوستان کو جمال ملک کی خوشیوں میں شامل کر لیا تھا۔

بارش کی پہلی بوند جیسے ہی جمال کے ماتھے پر آ کر بجی، اس کی آنکھیں آسمان سے گزرتے ہوئے زمین سے جا ملیں اور تب جمال کو ہوش آیا۔ جیکسن ابھی بھی وہیں کھڑا تھا۔

''چھوٹے تیاری کرو، کل ہمیں یوسف کے کالج جانا

ہے''(جمال نے جیکسن سے کہا)

''Okay Sir''

''جے ہند''

(گویا جیکسن نے اسی لمحہ سے جمال کو افسر مان لیا تھا)

ایک مدت کے بعد آج جمال کو اس کالج جانا تھا، جہاں واپس آنے کا وعدہ اس نے کالج کے پرنسپل سے کبھی کیا تھا۔

جمال کے آئی۔اے۔ایس افسر بننے کی خبر ہر طرف پھیل چکی تھی لیکن جمال کو لوگ ابھی صرف نام سے جانتے تھے چہرے سے نہیں۔

صبح ہوتے ہی جمال کالج پہنچا، جیکسن ساتھ میں تھا۔دونوں کو پرنسپل آفس میں بٹھایا گیا۔اس وقت پرنسپل کانفرنس روم میں تھے۔

سکریٹری نے کالج کے پرنسپل کو اطلاع دی''سر دو لوگ آپ سے ملنے کے خواہش مند ہیں''۔پرنسپل نے سکریٹری سے کہا''جاؤ دونوں کو یہیں لے آؤ''۔

جمال اور جیکسن دونوں کانفرنس روم کی طرف بڑھتے ہیں۔چپراسی نے جیسے ہی کمرے کا دروازہ کھولا! جمال نے یوسف کو کھڑا پایا۔اس وقت یوسف کا سر جھکا ہوا تھا۔جمال کی خوشی کا ٹھکانا نہ رہا،اس نے تیز آواز میں اپنے چھوٹے بھائی کو پکارا۔جیسے ہی یوسف نے سر اٹھایا،اپنے بڑے بھائی اور ایک فکر مند دوست کو کھڑا پایا۔یکایک اس نے ایک دمدار آواز میں پکارا''بھائیجان''اور دوڑ کر اپنے بھائی کے گلے سے لگ گیا۔دونوں کی آنکھیں بھر آئیں۔شاید یہ وہ لمحہ تھا جب اس کمرے میں موجود ہر کسی کی آنکھ نم تھی۔

اس وقت یوسف کی خوشی کا یہ عالم تھا کہ وہ رو بھی رہا تھا اور اپنے بھائی کا تعارف بھی کرا رہا تھا۔یوسف نے بھائی کا ہاتھ پکڑا اور اپنی کرسی پر لے جا کر بیٹھا دیا اور خود کرسی کے برابر میں کھڑا ہو گیا بلکل ایک چھوٹے بھائی کی طرح۔

یوسف نے تعارف کرایا اور صرف ایک جملہ کہا۔

''یہ ہیں جمال ملک''

نام سنتے ہی کمرے میں موجود سارے لوگ کھڑے ہو گئے کیونکہ یوسف نے کالج کا پرنسپل بنتے ہی،کالج کے ہر فرد کو، گویا چپراسی سے لے کر ایک سینیئر ڈاکٹر تک،سب کو اپنے بھائی یعنی جمال ملک کے نام سے واقف کرا دیا تھا۔اور پھر یوں بھی آج اس نام سے کون واقف نہیں تھا۔کیونکہ جمال اب صرف جمال ملک نہیں تھا بلکہ وہ سلمان ملک کے باغ کا وہ گل تھا جسے فطرت نے اس باغ کا باغباں بنا کر ملک کی خدمت اور نگہبانی کے لئے مقرر کر دیا ہے۔اور اب جمال ملک جو گل بھی ہے اور باغباں بھی اپنی خوشبو سے سارے عالم کو معطر کرنے کے لئے تیار ہے۔

افسر بننے کے بعد یہ پہلہ موقع تھا جب جمال کو اتنی عزت ملی۔کیونکہ اب تک لوگ صرف اس نام سے واف تھے اور آج اس مجسمہ کو انسانی شکل میں دیکھ بھی لیا تھا۔افسر بننے سے پہلے اس نام کو کون جانتا تھا،کوئی نہیں بلکہ جو اپنے تھے وہ بھی ساتھ چھوڑ گئے،اور شاید یہی زمانے کا تقاضا بھی ہے کہ جب تک انسان کوئی عہدہ اختیار نہیں کر لیتا تب تک اس کا نام گمنام وعدیوں میں گم رہتا ہے۔

جمال نے کہا''یوسف! میں آج یہاں تمہارے کالج کے پرنسپل سے ملنے یہاں آیا ہوں''

''بھائیجان! یہ ناچیز ہی اب اس کالج کا پرنسپل ہے''(اس نے زیر لب تبسم اپنے بھائی کو بتایا)

یہ سنتے ہی جمال نے گلے لگا کر یوسف کو مبارک دی اور اب وہ یہ بھی بھول چکا تھا کہ وہ یہاں کالج کے پرنسپل کو یہ بتانے آیا تھا کہ اس دن غلطی یوسف کی نہیں تھی۔

''جس کالج میں ایک لڑکی نے یوسف کی بے عزتی کی

تھی، آج اسی کالج کا پرنسپل ہے میرا بھائی۔ دراصل وہی لڑکی یوسف کی کامیابی کی وجہ بنی۔'' (جمال دل ہی دل میں سوچ رہا تھا)

جمال یوسف کو اپنے ساتھ نئے گھر لے گیا جہاں جیکسن پہلے سے ہی موجود تھا۔ اب وہ اپنا زیادہ وقت جمال کے گھر پر ہی گزارتا تھا۔ دراصل وہ چاہتا تھا کہ جمال کو یوسف کی کمی محسوس نہ ہو۔

ٹریننگ مکمل کرنے کے بعد جب جمال نے اپنا دفتر جوائن کیا تو سب سے پہلے اپنے جونیرس (Juniors) کو طلب کیا۔ جمال کے افسر بننے کے بعد یہ پہلا موقع تھا جس میں سب شامل ہوئے۔ امرتا شاہ بھی انہیں سب میں شامل تھیں۔ سب کا تعارف ہوا۔ بہت سارے مدوں پر بات ہوئی۔ اور آخر میں جمال نے سب کو ایک ہدایت دی۔

''آج سے آپ سب لوگ اپنی پوری شدت اور ایمانداری سے کام کریں گے۔

کم سے کم جب تک میں ہوں تب تک تو ضرور۔''

اتنا کہہ کر جمال نے اپنا کوٹ اٹھایا، بائیں ہاتھ پر ڈالا اور چل دیا۔ امرتا شاہ نے اپنی زندگی میں پہلی بار ایسا دھاکڑ افسر دیکھا تھا۔ اس وقت وہ ایک افسر کی طرح نہیں بلکہ ایک لڑکی کی طرح سوچ رہی تھی جو ایک نوجوان سے متاثر ہو کر اپنا دل ہار بیٹھی تھی۔ وہ اٹھی، اٹھ کر جمال کے پیچھے دوڑی، اتنے میں جمال اپنی Ambassador میں سوار ہو چکا تھا۔ وہ اس کار کے آگے جا کر کھڑی ہو گئی۔ جمال نے اپنے بائیں ہاتھ کا شیشہ کھولا:

''کیا ہوا مس! آپ اتنی حیران پریشان کیوں ہیں۔ اور یہ کیا بدتمیزی ہے۔

آپ کار کے آگے کھڑی ہو گئیں حادثہ ہو جاتا تو۔''

''سر مجھے آپ سے کچھ بات کرنی ہے'' (امرتا شاہ گھبراہٹ میں صرف اتنا ہی کہہ پائی)

''I am getting late,please leave'' (اتنا کہہ کر جمال کی کار چھومنتر ہو گئی)

اگلے دن امرتا شاہ نے ضد کر کے جمال کو اپنے آفس میں بلایا۔ اس نے بڑے احترام سے جمال کو اپنی کرسی پر بیٹھا دیا۔ ایک منٹ یوں ہی خاموشیوں میں گزر چکا تھا۔ جمال تو اپنی کرسی پر یوں ہی بیٹھا رہا لیکن امرتا اپنی انگلیوں کو ہاتھوں میں پھنسا کر ادھر ادھر ٹہل رہی تھی۔ کمرے میں دو لوگ تھے لیکن پھر بھی تنہا۔ آخر عاجز آ کر جمال نے سوال کر ہی لیا۔ ''تم نے کیوں بلایا ہے مجھے یہاں ؟''۔ جواب نہیں ملنے پر جمال وہاں سے جانے لگا۔ امرتا نے زور سے جمال کا ہاتھ پکڑ کر اپنے روبرو کیا اور شرٹ کا کالر پکڑ کر اپنی طرف کھینچ لیا (دونوں کی سانسیں ایک دوسرے میں تقریباً مدغم ہو چکی تھیں) اور کہا۔

" I am mad for you "

جمال یوں ہی دونوں ہاتھوں کو اپنی جیب میں ڈالے کھڑا رہا۔ امرتا کی سانسیں پل پل تیز ہو رہی تھیں۔

"No,you are not mad but yes! you are tinhorn" (جمال نے کہا)

جمال نے بڑے ادب سے اس کا ہاتھ ہٹایا اور واپس کرسی پر جا کر بیٹھ گیا۔ اس نے گھنٹی بجائی۔ گھنٹی کے بجنے پر امرتا شاہ کا سیکریٹری حاضر ہوا۔ سیکریٹری کو دیکھتے ہی جمال اپنی کرسی سے کھڑا ہو گیا۔ یہ انوار ملک تھا (جمال کے بڑے بھائی)۔ ''بھائیجان آپ! آپ یہاں کیسے''

جواب امرتا نے دیا۔ "Because! He is my secretary"

دفعتاً دونوں بھائی ایک دوسرے کے گلے سے لگ گئے

اور بے تحاشا رونے لگے۔''بھائیجان! میں نے آپ کو کہاں کہاں نہیں ڈھونڈا، اور دیکھئے بابا کی سوچ نے ہمیں آخر آج ملا ہی دیا۔اب آپ کہیں نہیں جائینگے اور میرے ساتھ گھر چلیں گے۔''

آپ دونوں بچھڑے ہوئے بھائی ہیں کیا؟(امرتا شاہ نے جمال ملک سے پوچھا)

''جی!امرتا جی!ہم دونوں بھائی ہی ہیں اور یہ میرے بڑے بھائی ہیں۔دراصل ہم تین بھائی ہیں۔اب تیسرے درویش کی کہانی آپ کو کبھی اور سناؤں گا۔

جمال،امرتا شاہ کو جواب دیتے ہوئے انوار ملک کو اپنے ساتھ اپنے گھر لے گیا۔

سلمان ملک کے یہ تین بیٹے (جو بچھڑ چکے تھے)اور وہ تینتیس گز کا مکان (جو بکھر چکا تھا)،آج انوار ملک کے آنے سے وہ مکان اب صرف مکان نہیں بلکہ ایک شاندار مکان کی شکل اختیار کر چکا تھا۔اور یہ تینوں بھائی آج پھر ایک ساتھ،ایک ہی چھت کے نیچے،ایک جٹ ہو چکے ہیں۔

''مبارک ہو!بھائیجان''

''کس لئے''

''آج آپ نے بابا سے کیا ہوا وعدہ پورا کر دیا''

''نہیں چھوٹے!میں نے کچھ نہیں کیا،میں نے تو صرف کوشش کی،اور رہی بات ہم بھائیوں کے ملنے بچھڑنے کی تو بات دراصل اتنی سی ہے کہ ہم بھائیوں میں محبت اتنی ہے کہ کوئی الگ ہونا ہی نہیں چاہتا۔لیکن حالات کچھ ایسے ہوئے کہ بکھر گئے اور دیکھو آج ہم سب پھر ساتھ ہیں۔ہاں اتنا ضرور ہے کہ ان حالات میں بھی میں نے اپنے برے وقت کو خود پر حاوی ہونے نہیں دیا اور ان اوقات کو اپنی طاقت بنا کر استعمال کیا۔''

''اپنے بابا سے افسر بننے کا وعدہ کیا تھا!وہ وعدہ ضرور پورا کیا ہے۔باقی تو سب میرے بابا کی محنت اور سوچ کا نتیجہ ہے۔''

(جیکسن اور جمال ملک گھر کے ایک کمرے میں بیٹھ کر گفتگو کر رہے تھے۔)

''بابا دیکھو!لوگ کہتے ہیں آپ ہمارے ساتھ نہیں، لیکن دیکھو نہ بابا آپ آج بھی اور ہمیشہ سے ہم سب کے درمیان زندہ ہیں۔آپ فلک کا وہ تارہ ہیں جو ہم سب کے دلوں میں تاعمر چمکتا رہے گا۔''

بھائی سے اجازت لے کر کچھ عرصے کے لئے یوسف ڈیپوٹیشن پر دبئی چلا گیا۔اسی دوران امرتا شاہ نے جمال ملک سے سب کے سامنے اپنی محبت کا اظہار کر دیا۔سب دیکھ رہے تھے،جمال بھی دیکھ رہا تھا،اس کی نظروں کے سامنے یوسف کا معصوم چہرہ گھوم گیا۔اس نے انکار کرنا چاہا لیکن امرتا کی محبت کی شعاعوں سے اس کی آنکھیں چندھیا گئیں۔وہ جانتا تھا کہ سچی محبت کو ٹھکرانے کا نتیجہ کیا ہوتا ہے اور یہ بھی جانتا تھا کہ یک طرفہ محبت اپنے انجام تک نہیں پہنچتی۔اسے محسوس ہوا کہ امرتا سب کچھ چھوڑ کر کہیں گم ہو گئی ہے۔ایک خلا ہے۔وہ ہے،یوسف ہے اور امرتا ہے۔یوسف میرا بھائی اب خوش ہے۔امرتا کی خوشی کہیں غائب نہ ہو جائے اس لئے وہ انکار نہیں کر سکا اور امرتا شاہ کی محبت کو قبول کرتے ہوئے جمال نے اس کو پاس رکھی کرسی پر بیٹھا دیا۔

امرتا میں نے تم سے کہا تھا،کہ میں تمہیں تیسرے درویش کی کہانی سناؤں گا کبھی اور۔وہ پل یہی ہے۔تو سنو تیسرے درویش کی کہانی:

''کسی شہر میں تین بھائی رہتے تھے۔تینوں اپنے بابا کے شاہزادے تھے۔ان کے بابا کی آمدنی کم تھی لیکن ان کی ماں انہیں بہت پیار سے پیٹ بھر کھانا کھلاتی تھی۔سب ساتھ میں بے حد خوش رہتے تھے۔لیکن ایک دن ان تینوں کے سر کا تاج چھن گیا اور پاؤں کے نیچے سے زمین کھسک گئی۔سب کچھ اچانک بدل

گیا۔ بابا کا سایہ سر سے اٹھ جانے کے بعد حالات کا ایک ایسا سیلاب آیا کہ سب کچھ بکھر کر رہ گیا۔ جو چھوٹا سا ایک گھر تھا وہ بھی گیا، جیسے ان کے سر سے آسمان گیا۔ پھر کسی نہ کسی وجہ سے یہ تینوں بھائی جدا ہو گئے۔ ان میں جو سب سے چھوٹا بھائی تھا اس نے ایک دن ایک لڑکی کو دیکھا اور وہ اس کے چھوٹے سے دل میں گھر کر گئی۔ اس نے سامنے سے جا کر اپنی محبت کا اظہار کر دیا۔ وہ لڑکی ایک بہت بڑی افسر تھی لیکن اس کے افسر ہونے کی خبر تک اس لڑکے کو نہیں تھی۔ اس لئے اس نے اس چھوٹے بھائی کی محبت سے انکار کر دیا اور سب کے سامنے اس کو بے عزت کر دیا۔ تینوں بھائیوں میں جو سب سے بڑا بھائی تھا وہ اسی لڑکی کے ساتھ کام کرتا تھا لیکن حیثیت میں وہ اس لڑکی سے بہت چھوٹا آدمی تھا۔ کہیں نہ کہیں وہ بھی اس لڑکی سے محبت کرنے لگا تھا لیکن اپنی حیثیت دیکھتے ہوئے اس نے کبھی اس لڑکی سے کہا نہیں اور خاموش ہی رہا۔''

''تینوں بھائیوں میں منجھلا بھائی بہت ہوشیار تھا۔ محنت کرتے کرتے وہ ایک دن بہت بڑا افسر بن گیا۔ اب وہی لڑکی منجھلے بھائی کے انڈر میں کام کرتی ہے۔ وہ منجھلے بھائی پر اپنا دل ہار گئی اور اس نے سب کے سامنے اس سے اپنی محبت کا اظہار کر دیا۔ ایسا اس لئے ہوا کیونکہ وہ منجھلا بھائی اس لڑکی کی حیثیت کے برابر تھا بلکہ اس سے بھی اوپر تھا۔ منجھلے بھائی نے اس لڑکی کی محبت کی قدر کرتے ہوئے، اس کی محبت کو قبول کیا۔''

''تیسرا درویش یعنی سب سے چھوٹا بھائی عشق میں ناکام ہونے کے بعد اپنے بھائی کو چھوڑ کر گھر سے نہ جانے کہاں چلا گیا۔ وہ ٹوٹ چکا تھا، اس کی Feelings، اس کے جزبات، سب ریزہ ریزہ ہو چکا تھا۔ اس نے اپنے ٹوٹے بکھرے احساسات کو ایک بار پھر یکجا کیا اور اس بے عزتی کو اپنی طاقت بنا کر ایک بڑے عہدے پر فائز ہو گیا۔''

''محبت اس لڑکی کو بھی ہوئی اور محبت تیسرے درویش کو بھی ہوئی۔ لیکن ان دونوں کی محبت میں شاید بہت بڑا فرق تھا۔''

یہ تھی تیسرے درویش کی کہانی۔ ''امرتا''۔

جمال ملک امرتا شاہ کی کرسی کے چاروں طرف ٹہل ٹہل کر کہانی سنا رہا تھا۔ کہانی ختم ہو چکی تھی لیکن اس ہال میں ایک سناٹا سا چھا چکا تھا اور امرتا شاہ کی بڑی بڑی آنکھیں کھلی کی کھلی رہ گئی تھیں۔ جو کھڑا تھا وہ کھڑا ہی رہ گیا۔ جو بیٹھا تھا وہ بیٹھا رہ گیا۔

جمال ملک کی اس کہانی نے امرتا شاہ کو جھنجھوڑ کر رکھ دیا۔ اس کو ایسا محسوس ہوا جیسے جمال نے تیسرے درویش کی کہانی نہیں بلکہ خود میری ہی کہانی سنائی ہے۔

کچھ دن بعد جمال ملک اور امرتا شاہ ہمیشہ کے لئے ایک دوسرے کے ہو گئے۔ امرتا شاہ نے اپنی مرضی سے نام بدل کر ماہرہ رکھا اور اسی نام سے دونوں کا نکاح ہوا۔ جمال کی خواہش تھی کہ نکاح کے موقع پر یوسف دبئی سے آ کر شرکت کرے لیکن کسی مجبوری کی وجہ سے وہ اپنے بھائی کے نکاح میں شامل نہیں ہو سکا۔

آج بھی ماہرہ ملک اس راز سے بے خبر ہے کہ وہ تیسرا درویش جمال ملک کا بھائی یوسف ملک ہی ہے۔ اور یوسف بھی یہ بات نہیں جانتا کہ اس کے بھائی جان کی شریک حیات ہی وہ لڑکی ہے جس نے اسے سارے کالج کے سامنے بے عزت کیا اور اس کی محبت کو ٹھکرا دیا تھا۔

ایسا لگتا ہے کہ جیسے یہ راز! راز ہی رہ جائے گا۔

آج بھی جمال ملک اور ماہرہ ملک جب اپنے گھر کے دالان میں پڑے جھولے میں بیٹھ کر چائے کی چسکیاں لیتے ہیں، تو ماہرہ کے اندر کی امرتا جاگ اٹھتی ہے اور اپنے شوہر سے آخر پوچھ ہی لیتی ہے:

''سنئے! اس تیسرے درویش کا نام کیا تھا ؟''۔

☆☆

آرزو، دہلیز پر، سونے کے انڈے، پیر بابا

افسانچے ________________ محمد طارق اسلم

آرزو

ڈاکیہ غلطی سے پڑوس کے مکان کا خط امن کے گھر دے گیا۔ جسے اس نے نہ چاہتے ہوئے بھی پڑھا تو ہوش ٹھکانے آ گئے۔ایک بار پھر نکہت کو دیکھ کر گئے رشتے داروں نے شادی کے لیے نا کر دی۔اس سے پہلے بھی یہی ہوا تھا۔جب کہ انہیں جہیز کے طور پر اڈوانس کے پچپن ہزار روپے بھی دیئے تھے۔بعد میں ان لوگوں نے بھی شادی سے انکار کر دیا تھا اور روپے بھی نہیں لوٹائے تھے ابھی تک۔یہ زخم امی ابو بھول بھی نہیں پائے تھے۔ایک بار پھر ویسی ہی چوٹ دل پر آ گئی تھی اس خط کو فرحت نے پڑھا تو امی کے پاس بیٹھتی ہوئی بولی''امی جان! میں پہلے ہی کہتی تھی۔یہ لوگ شادی نہیں کریں گے۔پھر بھی آپ امیدیں لگائے بیٹھی تھیں۔آگے اب اور تماشہ بننے کے لیے تیار نہیں''۔

''بیٹی! تیرے لیے یہ کہنا آسان ہے،مگر میں کیسے کہوں کہ تیری شادی نہیں کروں گی''۔یہ کہہ کر وہ رونے لگیں۔آنکھوں میں آنسو تھے تو بیٹی کے چہرے کو دیکھتے ہوئے کہنے لگیں۔''مجھ سے ہی بڑی غلطی ہو گئی تھی۔تیرے بھائی نے جس خاندان کی لڑکی سے شادی کی تھی۔اس لڑکی کے بھائی سے ہی تیری شادی کر دینی چاہیے تھی۔مگر میں ایسا نہیں سوچ سکی تھی۔کیوں کہ تیرے بچے انصاری کے نہیں پٹھان ذات کے کہے جاتے۔اب دیکھ رہی ہوں کہ بیٹے کا گھر تو بس گیا مگر میری بیٹی........ یہ بات ادھوری رہ گئی۔کیوں کہ ایک بار پھر آنکھوں میں آنسوؤں کی باڑھ آ گئی تھی اور ہونٹ تھرتھرانے لگے تھے۔

دہلیز پر

کافی دنوں بعد دونوں سہلیاں مل رہی تھیں۔اس لیے ایک دوسرے کو دیکھتے ہی لپٹ گئیں۔وہ بھول گئیں۔مور یہ کمپلکس میں وہ مارکٹنگ کرنے آئی ہیں نا کہ گپیں مارنے۔باتوں ہی باتوں میں صبیحہ نے شبنم سے پوچھ لیا''تو بھی نوکری کرنے لگی ہے؟''

''یہ سن کر تو میں بڑی حیرت میں ہوں۔آخر تیرے شوہر نے اس کی اجازت کیسے دے دی۔وہ تو بڑے سخت مزاج ٹھہرے''۔جیسے اسے یقین نہیں ہو رہا ہو۔

اس کی باتیں سن کر شبنم ایک پل کے لیے اس کی آنکھوں میں جھانکی۔پھر آنکھوں میں ابھرتی نمی کو زبردستی جذب کرتے ہوئے کہنے کے لیے مجبور ہوئی،''سچی بات تو یہ ہے کہ صبیحہ۔میں نے انہیں طلاق دے دیا''۔

''یہ کیا کہہ رہی ہے تو۔ہوش میں تو ہے نا''صبیحہ جیسے کانپ اٹھی۔اس کے جسم کے روئیں کھڑے ہو گئے۔اس نے ہمدردی کے ناتے ایک انجانے خوف میں مبتلا ہو کر شبنم کا ہاتھ تھام لیا۔یقین سے پرے تھی اس کی بات۔

شبنم نے اپنے ارادے میں مضبوطی ظاہر کرتے ہوئے مزید کہا''دراصل میرے ساتھ حادثہ ہی ایسا ہوا۔تم سے کیا چھپاؤں۔میں جن دنوں میں ماں بننے والی تھی۔گھر کے کام کاج کے لیے اپنی بہن کو بلایا تھا۔سب تو ٹھیک ٹھاک ہی لگ رہا تھا۔پر جس دن میں اسپتال سے بچے کے ساتھ لوٹی۔''یہ کہتے کہتے وہ چپ ہو گئی تھی۔صبیحہ کے دل کی دھڑکن رُک سی گئی۔اسے ہمت نہیں ہو رہی تھی کہ شبنم سے آگے کے بارے میں پوچھے۔اچانک شبنم نے ہی کہہ دیا،اسی شام میری بہن میرے شوہر کے ساتھ سرخ جوڑے میں میرے ہی گھر کی دہلیز پر کھڑی تھی۔میں..... کسے..... کیا کہتی،کوئی فائدہ نہیں تھا۔وہ تو مجھے نہیں چھوڑنا چاہ رہے تھے..... مگر اب اس رشتے کے معنی ہی بدل گئے تھے،سو میں نے ہی انہیں آزاد کر دیا،

ٹھیک کہا نا صبیحہ، یہ کہتے ہوئے اس کا گلا رندھ گیا تھا۔

سونے کے انڈے

ہم دونوں ہی برآمدے میں بیٹھے چائے کی چسکیاں لے رہے تھے۔ گھر پریوار کی باتیں ہو رہی تھیں۔ تبھی وہ گلی سے گذری۔ اسے دیکھ کر ہی رفیق میاں نے عجیب سا منہ بناتے ہوئے کہا،''اس لڑکی کو دیکھتا ہوں تو بڑا رحم آتا ہے۔ آپ جانتے ہیں کہ نہیں امن صاحب۔ ان کے شوہر ہمارے اچھے دوست تھے۔ بے چارے کا دھوکے سے قتل ہو گیا''۔

''ہاں سنا تو ہے۔ اب کیا کیا جائے؟ یہی تو دنیا ہے جو ہونا تھا سو ہو گیا۔ وہ تو چلے گئے اور پیچھے چھوڑ گئے ایک بیوی اور پیٹ میں بچہ'' یہ کہتے ہوئے امن نے اپنے باطن میں کچھ کھولتا سا محسوس کیا۔

''میں تو یہی کہوں گا۔ کہ اس بے چاری کی عمر ہی کیا ہے ابھی۔ اس کی گھر والوں کی شادی کر دینی چاہیے۔ یہی بہتر ہوگا۔ پھر نوکری کرتی رہتی۔ آفسوں کا ماحول تو آپ بھی دیکھ رہے ہیں''۔

''لیکن مجھے تو ایسا لگتا ہے کہ اس کے گھر والے اس مدے پر کچھ سوچنا ہی نہیں چاہتے۔ ماں تو زندہ ہے مگر پتہ نہیں کیسی بے رحم عورت ہے؟ جو چپ سادھے بیٹھی ہے۔ سچ تو یہ ہے کہ سونے کے انڈے دینے والی اس مرغی کو گھر والے کسی اور کے ہاتھوں سونپنا ہی نہیں چاہتے''۔

''واہ کیا بات کہی آپ نے امن صاحب! بالکل یہی بات ہے۔'' رفیق میاں نے تائید کی''۔

پیر بابا

خاندان کی ڈھیر ساری عورتوں کے ساتھ امی جان بھی پیر بابا کے مزار پر جانے کی مہم میں شامل تھیں۔ یوں کہ مجھے جہاں تک پتہ تھا۔ انہوں نے کوئی منت نہیں مانگی تھی۔ پھر بھی ان میں شامل تھیں۔ مجھے بھی ساتھ چلنے کی ہدایت ملی تھی۔ پتہ نہیں پورے راستے میں کس کے لیے گیت گا رہی رہیں۔ مزار پہنچ کر مجاور کے سامنے مٹھائی اور پکوانوں کی تھال رکھ دی گئی۔ وہ دعائیں کرنے لگے۔ تب تک عورتوں میں نہ جانے کیا کھسر پھسر ہوتی رہی تھی۔ جوں ہی بوڑھے مجاور نے ہاتھ نیچے کیا۔ امی لپک کر مزار کے قریب گئیں۔ دوسری عورتوں کی طرح انہوں نے بھی قبر کے ایک حصے پر سر کو جھکایا اور اس کی مٹی کو ہاتھوں میں لے کر میری طرف بڑھیں۔

''امی جان! یہ آپ کیا کر رہی ہیں؟ یہ سراسر گناہ ہے اور آپ کو یہ سب نہیں کرنا چاہیے''۔

''کیوں نہیں کرنا چاہیے؟ سبھی ایسا ہی کر رہے ہیں اور میں تو بچپن سے یہ سب دیکھتی اور کرتی آ رہی ہوں۔ اب اس عمر میں تو نہیں چھوڑ سکتی''۔

''مگر آپ سوچتی کیوں نہیں؟ اب پیر بابا کو دنیاوی کھانے کی کیا ضرورت ہے؟ ان کے قبر پر چادر چڑھانے کا کیا مطلب ہے؟ اگربتی کی خوشبوؤں سے کیا لینا دینا؟ وہ تو خدا سے جا ملے ہیں''۔

''رے تو پاگل تو نہیں ہو گیا ہے۔ جو بہکی بہکی باتیں کر رہا ہے۔ میں نے پیر بابا سے تیرے لیے دعائیں مانگی ہیں۔ اگر وہ ناراض ہو گئے تو، خاموش ہو جا، اب ایک لفظ بھی نہ کہنا ورنہ۔

''امی جان گرجیں اور مارنے کے لیے ہاتھ بھی اٹھایا ہے۔ پھر بھی میرے منہ سے نکل ہی گیا

''امی جان! مجھے یہ بتائیے۔ اگر ہماری ساری منتیں اور خواہشیں پیر بابا ہی پورا کر دیتے ہیں تو پھر اللہ کی عابدت کی کیا ضرورت ہے؟ یہ تو ان سے بڑے ثابت ہوئے نا''۔